U0028984

果然我的
青春戀愛喜
搞錯了。
結
My youth romantic
is wrong as I expect
渡 航【wataru watari
繪者／ponkan⑧
1
one
Yui's
story
日本小學館正式授權繁體中文

果然我的青春戀愛喜劇搞錯了 結

My youth romantic comedy is wrong as I expected.

登場人物【character】

Yui's story 1

比企谷八幡…………高中二年級，侍奉社社員，性格相當彆扭。

由比濱結衣…………侍奉社社員，八幡的同班同學，總是看人臉色過日子。

雪之下雪乃…………侍奉社社長，完美主義者。

折本佳織…………目前就讀海濱幕張綜合高中。高中二年級。八幡的國中同學。

川崎沙希…………八幡的同班同學，有點像不良少女。

川崎大志…………川崎沙希的弟弟，國中三年級，跟小町同一間補習班。

比企谷小町…………八幡的妹妹，國中三年級，性格可靠，但有點少一根筋。

雪之下陽乃…………雪乃的姊姊，大學生。

葉山隼人…………八幡的同班同學，非常受歡迎，隸屬足球社。

一色伊呂波…………高中一年級，學生會長兼足球社經理。

design: numata rina

Prelude

十二月的夜風冷歸冷，跟別人並肩走在一起的時候，卻完全不會介意。

我們三個對站前區域點綴得閃閃發光的燈飾視若無睹，慢慢走在路上。

我心想，真希望今天永遠不會結束。

可是，聖誕節只到十二月二十五號，再怎麼開心都會有劃下句點的一刻。

派對結束，到了回家時間。

晚上的行人也變少了，充滿聖誕氣息的街景慢慢變成另一副模樣，宛如一場變裝秀。

穿著工作服的人忙碌地在附近的購物中心東奔西跑，著手將大螢幕、招牌、廣告布條收拾乾淨。

聖誕節特賣會變成年末特賣會，綠色聖誕樹變成綠色門松，白色雪人變成白色鏡餅。打扮成聖誕老人的叔叔，變成七福神裡面那些我不知道名字的叔叔。

一一比較後會發現，其實它們都挺像的，最後卻成了截然不同的東西，好奇怪。

在略顯慌忙的氣氛中，我們離開站前，走向她住的大樓。

途中經過的大公園因為沒有遮蔽物的關係，寒風直接從裡面吹過。

看似情侶的人坐在設置於各處的長椅上，臉貼著臉小聲交談，彷彿在說悄悄話。

那些人想必沒在注意周圍的情況，也覺得其他人看不見他們在做什麼。不過長椅旁邊的街燈宛如一盞聚光燈，照在他們身上，所以我看得一清二楚。

感覺怪尷尬的，因此我有點刻意地伸了個懶腰，逼自己別過頭，跟自言自語一樣對著天空喃喃說道：

「嗯——唱得好開心喔……」

我的語氣輕快，聽起來有那麼一點蠢，卻完全不會不自然。身後不遠處傳來一如往常的慵懶聲音，語帶嘲諷地回應我：

「結果唱著唱著，變成一般的卡拉ＯＫ了……」

我側身回過頭，他果然癟著嘴角，無奈地嘆氣。

但那雙死魚眼的眼神，比平常更加溫柔。

看見他的眼神，我心想「啊，這樣呀，他也玩得很高興」，差點揚起嘴角。我像要掩飾這一點似的，笑著支支吾吾地說：

「有、有什麼關係。好玩就好。」

我的聲音糊成一團，跟在辯解一樣，走在旁邊的她輕輕用手抵著下巴，擔心地歪過頭。

「不過，這樣真的有確實將謝意傳達給小町他們嗎……」

「大家都樂在其中的樣子，這樣就行了吧。」

他一副興致缺缺、毫無幹勁、漠不關心的態度，臉上卻帶著滿足的笑容。這個人真的超喜歡妹妹的。

思及此，我也忍不住笑出來。

「嗯，希望囉……」

我有點感傷，感慨地說道，發現一件事。

「啊，是說自閉男，你走這條路方便嗎？不用因為小町叫你這麼做，就專程送我們回家啦。」

「對呀，我家離這裡很近。」

語畢，她抬頭仰望小徑前方的高樓大廈。看起來很貴的那棟建築物，地理位置也配得上那個價格，離車站很近。不是需要讓人專程送回家的距離。

「……妳們還要拿蛋糕跟行李。這點小事我不介意。」

他做出像在聳肩的動作，稍微提起兩手的袋子。她露出安心的微笑。

「是嗎？那還真是幫大忙了。而且蛋糕也有剩……」

她憂鬱地望向他手中的蛋糕盒。啊——嗯，因為她食量不大嘛……

戶部帶了三個蛋糕送我們，老實說，好像有點太多。大家雖然一起吃掉了兩個，最後一個甚至連從盒子裡拿出來的機會都沒有。

最後，那個蛋糕硬塞到了我手中，看這情況，可能大部分都會由我吃掉。光想就有點期待。

「不過不過，一整個蛋糕真的很壯觀耶！那是我的夢想！直接整個蛋糕挖著吃！」

用糖做的聖誕老人、聖誕小屋跟巧克力片，通通由我獨占。

我摸著臉頰，神情陶醉，她冷靜地朝我看過來。

「如果妳真的吃得下，是無所謂……但會很撐喔。」

「原來妳試過……」

他無力地說，似乎有點嚇到。她猛然驚覺，害羞地抿起雙脣轉過頭。

我不禁輕笑出聲。平常明明那麼成熟，偶爾卻會顯露非常孩子氣的一面，真的既可愛又有趣。

聊著聊著，我們穿越公園，來到大馬路上。她家就在斑馬線對面。

「啊，小雪乃家到了。」

「比企谷同學，送到這裡就好。」

我們在斑馬線前停下腳步。回頭一看，他小心翼翼地遞出蛋糕盒。

「是嗎？那蛋糕拿去。」

「好——」

我也謹慎地接過盒子，以免晃到蛋糕。

然而，他那雙空下來的手依然在空中游移。像在煩惱、猶豫似地動來動去，最後伸向掛在肩上的肩背包。

接著以同樣小心翼翼的動作，提心吊膽地取出什麼。

「……還有，可不可以順便收下這個？」

他拿著兩個包裝得很可愛的東西。從仔細繫在其上的緞帶判斷，看得出那是禮物。

他靦腆地清了下喉嚨，把禮物拿到我們面前。

我有點嚇到，沒有立刻道謝。她大概也一樣，嘴巴微微張開，納悶地看著她的手。

意外、喜悅、驚訝、覺得那個送禮方式很奇怪、看他那麼害羞滿好笑的——我懷著各式各樣的心情，接過那個禮物。

「這是……聖誕禮物？」

「我和由比濱同學各有一份呢。」

她驚訝地吁出一小口氣。

由於我和她一直盯著禮物看，他悄悄移開視線。

「……就，杯子的回禮。」

然後用超快的語速咕噥道。

「光拿別人的東西不回禮怪怪的，再加上時機也挺適合，雖然說是順便送的不太好聽……總之就，聖誕禮物。」

他擅自下達結論，頻頻點頭，不過我只有剛開始聽得清楚，後面幾句話都含糊不清，根本聽不懂。

可是，他相當害羞這一點倒是表現得很明白，我和她互相對視，微微一笑。

「……可以打開來看嗎？」

「嗯，喔。」

她困惑地問，他仍舊看著旁邊，給予模稜兩可的回應。

我們早已習慣他的表達方式，毫不猶豫解開緞帶。我們知道包裝紙和緞帶也是重要的禮物，因此花了好一段時間謹慎地慢慢拆開。

看見手中的禮物，我和她輕輕倒抽一口氣。

「哇……」

「是髮圈……」

她的聲音帶著笑意，他像放下心中的大石般鬆了口氣。說不定是在擔心我們兩個的反應。幹麼擔心那個呢。

我握緊放在掌心的髮圈。

淡色髮圈軟綿綿的，柔軟得如同皚皚白雪，有種溫暖的感覺。

我有點好奇，瞄向旁邊，她跟捧著小鳥、小雞或倉鼠的時候一樣，用雙手珍惜地包住髮圈。手中的髮圈跟我是同款式的。

「我跟小雪乃的是成對的！」

聽我這麼說，她也往我的髮圈瞄了眼，點頭。不過，她馬上疑惑地微微歪頭。

「由比濱同學的是藍色，我的是，粉紅色？……總覺得反過來了。」

這麼暗的地方看不太清楚，再加上盯著別人的禮物不太好，所以我剛才只看了一下，仔細一看，顏色確實不同。

這麼說來，我自己選的顏色大多是粉色系，她選的則大多是單色系或冷色系。

……難道他送錯人了？

腦中瞬間浮現這個疑惑，可是不可能。

他應該是這種時候會非常慎重地準備，甚至會計算送禮方式及時機，讓人覺得有點噁心的類型。事先練習如何帥氣地送出禮物都不奇怪。不對，很奇怪。而且並不帥氣。

因此，我知道他一定有自己的考量。

「我覺得沒問題……」

他沒有說明原因。

但我好像隱約可以理解。

雖然只是隱約而已。

特地說明反而會害人搞不懂。跟我和她的關係、我們的關係很像。

她一定也明白。

「是嗎……」

她沒有繼續追問，只是平靜地這麼說，抬起落在手中的髮圈上的視線，展露柔和的微笑。

「既然是禮物，我就感激地收下了。」

「嗯，自閉男……謝謝你。我會好好珍惜。」

我也清楚講出剛才錯失時機說出口的話，握緊那個髮圈，用更勝言語的方式傳達謝意。

「嗯，要如何使用就看妳們了……」

他像要掩飾害羞似地迅速地說道，默默移開目光。我也有點難為情，撥著頭上的丸子偷偷別過頭。

眼角餘光瞥見的紅綠燈轉為綠燈。他抬起手，看來是把這當成了道別的契機。

「那、那我走了。」

「嗯、嗯，再見！……晚安。」

我和她對對方點頭，靜靜邁步而出。

然而，因為喜悅、害羞等各種情緒，我無意間加快腳步。連腳底都軟綿綿的，跟手中的髮圈一樣。

十二月寒冷的夜風吹在有點發熱的臉頰上，很舒服。

那陣風吹起我的圍巾，走在旁邊的她的黑色長髮也跟著隨風飄揚。那頭亮麗的黑髮足以反射街燈的光芒，瞬間於空中散開。

她按住頭髮，停下腳步。

用纖細修長的手指輕輕梳頭，望向好好握在手中的髮圈，靦腆地抿起雙脣。

然後整理好長髮。或許是因為有點慌張吧，她的動作比平時隨便一些，手忙腳亂的。

最後，她拿手中的髮圈將頭髮綁成一束，撥弄了兩、三次髮尾，像在擔心有沒有綁好。

這副模樣使我不小心看得出神。

在宛如燈飾，不停閃爍的紅綠燈的照耀下，那像在煩惱又像在害羞的表情，是我目前看過最可愛的，很適合那抹淡粉色。

她輕撫嘴角，大概是在介意臉上的紅潮連在橙色街燈下都能看得一清二楚。

接著，她閉上眼睛，輕輕吐氣，好讓心情平靜下來，轉過身。

「比企谷同學。」

她的語氣一如往常。

成熟、冷靜、堅毅、清澈。

不過，為了用平常的語氣呼喚他，她做了許多準備。

我覺得這個行為可愛又惹人憐愛，令人忍不住揚起嘴角，下意識盯著她看。

她呼喚他的聲音絕對不大，但在沒有其他行人的靜謐夜晚中，似乎也足夠了。

他緩緩側身回頭，看見她站在斑馬線正中央，嚇了一跳。

和他對上視線後，她輕撫綁成一束馬尾的頭髮。粉紅色髮圈跟著搖晃，他的目光隨之移動。

她停下摸頭髮的手，靜靜吸氣。

「……聖誕快樂。」

她將手放在胸前，看似在煩惱該舉起手還是放下，半張的手掌輕輕左右揮動。

晚安、謝謝、再見，她以這麼一句話，代替這些話語。

「喔、喔……聖誕快樂。」

他愣在那邊，突然回神，馬上收起下巴點了兩、三下頭。

他沒有多說什麼，她卻微微一笑，快步走回來，彷彿不需要其他言詞。

明明沒有冷風吹過，她還把圍巾拉到嘴邊。遮住臉頰。

等她過完馬路後，閃爍的綠燈轉為紅色。

我幾乎在無意識間跟她進行「久等了」、「不會」這段稀鬆平常的對話，望向已經無法折返的斑馬線對面。

他像在凝視，像在目送，像在見證似的，懶洋洋、無所事事地站在那裡。

我有點後悔，自己是不是也該說些什麼？

斑馬線對面離這裡並不遠，只要大聲說話，一定傳達得到。

然而，我一時之間想不到比那更適合的話可說。

因此我舉起手，用力揮動。儘管手腕上的淺藍色可能會混入夜色之中，看不清楚。

看見他微微點頭回應，我和她一同走向前。

十二月的夜風果然很冷，帶來如同針扎的疼痛。

我在不知不覺間縮起身子，握緊套在左手上的髮圈。

×　×　×

不小心意識到了。

意識到很久很久以前，自己就意識到的事。

說不定是那樣。

大概是那樣。

明明早就有過這種想法，明明早就知道。

我意識到了自己一直以來都沒有去問、沒有去說、沒有去確認，也沒有放棄。

一旦意識到，就再也無法故作無知。

無法回頭，無法向前邁步。也無法不去正視。

可是，我已經意識到了。

——很久很久以前，就喜歡上了。

1 於是，比企谷八幡的寒假開始了。

聖誕節結束，進入絕對稱不上長的寒假後，今年終於即將結束的氣氛油然而生。

不對，正確地說是原本就存在於意識深處，因為太忙才忽略掉。

我說的不只季節感，也有點適用於自身的心境。

有種任憑時間一點一滴流逝，不去面對本來必須面對的事情的感覺。

剛醒來的我躺在床上注視牆壁，上頭掛著煩惱過要不要翻頁後，沒撕乾淨的今年的月曆。

無力地晃來晃去的「十二月」三個字，莫名令人焦躁。

或許是因為這樣吧，我在半夢半醒之間，腦中不停冒出無意義的想法然後又消失，如此反覆，跟那位溜溜球大師一樣用我的超級大腦（註1）使出空中迴旋。到時搞不好還會變成霹靂環，在沒有出口的地方來來回回。

幸好今天放假。像在問禪一樣絞盡腦汁思考不會有正確答案的問題，可不是平日早上該做的事。

我的身心好像都明確認知到現在放假了，睡了兩次回籠覺，接近中午時才終於清醒。

我甩了下意識不清的腦袋，慢慢從床上爬起來。

映入眼簾的是昨晚放棄大掃除的房間。

看完的書堆積成山，喝完的ＭＡＸ咖啡直達天際。

忙碌的生活跟年末、期末的各種事情撞在一起，書桌何時山崩都不奇怪。

今天乖乖把東西收拾乾淨吧……

我在內心發誓，決定先清理書桌，順便整理筆記、講義，還有不知何時寫下的日記雜記備忘錄記事本和亂寫的東西。

簡單的備忘錄拿去紙類回收，包含有點讓人頭痛的私人情報（主要是黑歷史）的記事本就撕成碎屑扔掉，完全是黑歷史會導致看到的人精神崩潰如同死靈之書的

註1　溜溜球名稱。

隨筆，則封印至抽屜深處。

畢竟丟掉也不太好……這種青春期寫的東西，將來成為小說家的時候搞不好會派上用場……這種想法就已經是黑歷史了。我的黑歷史又多了一頁……

好了，把黑歷史通通收起來吧～（註2）。整理到一半，我順便撕掉撕到一半的月曆，丟進垃圾桶。

今年剩不到幾天，沒必要用月曆了。

本來想說偶爾試著努力在年末大掃除一下，不過，總是亂成一團的書桌整理起來真的好累。因為我用書桌的時候，一直都只是把東西推到一邊，空出需要的空間……

世人對A型的印象似乎是一絲不苟，喜歡整理東西，老實說沒這回事。

A型對自己的房間比想像中還不在乎。相對的，看到別人的房間亂七八糟會超級介意，一開口就問人家可不可以收拾一下這間房間。A型人是怎樣啦煩死了。

話雖如此，我也是A型人，以前我常跑進小町的房間說「好了，把不會整理房間的孩子通通收起來吧～」她恨死我了。

註2 惡搞自《暖暖日記》中的角色關門太叔的名臺詞「好了，把○○的孩子通通收起來吧～」。

以前我們常進對方的房間，擅自拿走對方的漫畫。為什麼妹妹會覺得哥哥的漫畫是自己的東西呢……《犬夜叉》明明是小町開始買的，從途中的集數開始就變成我在買了。嗯，兄妹常有的事～

但現在回想起來，從小町的房間借來的《Ciao》跟《少漫》（註3）之類的少女漫畫，確實有助於我少女般的心靈——簡稱少女心的萌芽。還有，拿妹妹當藉口看少女動畫，結果不知不覺間只剩哥哥沒能戒掉，被妹妹拋下。這也是兄妹常有的事。我覺得是啦！

拜其所賜，我的少女迴路（註4）順利地成長，有時胸口還會不受控制地緊緊揪起，害我好討厭自己……我這男人怎麼這麼難搞……

可是，小町升上國中後就不再踏進我的房間。

因此本人那長久無人光顧的房間，亂得跟垃圾堆沒兩樣。非得找一天仔細整理才行。

……然而，現在還不是時候。

沒錯，今天能做的事明天也能做！

註3　皆為少女漫畫雜誌。
註4　梗出自《機械女神》。

我對明天抱持著希望！要相信未來的自己！絕對不是拖延症！

於是，我的大掃除可能一輩子都不會結束。

總而言之，今天先清掉紙類跟ＭＡＸ咖啡的空罐，讓桌上勉強還能見人，剩下的地方改天再說。

我綁緊垃圾袋，拎著它放到玄關。

嗯，這樣老爸明天出門上班時應該就會幫我拿去丟。畢竟我爸可是丟東西的專家。尤其是拋棄驕傲及尊嚴這方面，很難找到比他更厲害的。深夜聽見他在講電話的時候，大部分都是在說「我、我會想辦法處理」，這樣不行啊……

算、算了，明天早上如果起得來，我還是自己丟垃圾吧，嗯。開始憐憫老爸了。

把垃圾全拿出去，堆成山的書則集中到同一個地方後，地面的空間感覺變大了。

好，大掃除第一彈做到這就行了吧。雖然不知道第二彈何時會推出，計畫永遠趕不上變化。

說春天要發售，最後若無其事地拖到秋天左右才出，是這個世界的常識。那是怎樣的世界啦。遊戲業界？

今天就這樣放過你吧！我跟池乃目高（註5）一樣離開房間，跟說著「大家在幹

註5 日本喜劇演員。名臺詞是在被痛揍一頓後得意洋洋地說「今天就這樣放過你吧」。

麼啊？」的柳澤慎吾（註6）一樣打開客廳的門。

靜寂無聲的客廳裡看不見家人的影子，只有愛貓小雪在暖桌邊緣沉沉睡著。因為是貓嘛（註7）。

對爸媽來說今天是平日。小町快考試了，所以在補習班唸書。在家的自然只有我和阿雪。

儘管如此，客廳還殘留著一絲溫度，大概是早上的餘溫。

我繞到廚房打開冰箱，裡面有個用保鮮膜包住的盤子。煎蛋捲、炸雞塊，加上簡單的沙拉。鍋子裡還有味噌湯，無微不至。

應該是媽媽早上先幫我做好的。我決定心懷感激地享用。

我用微波爐和瓦斯爐加熱料理，準備好後鑽進暖桌，沒人在聽卻輕聲唸了句「我開動了」。

然後打開電視，打起幹勁看錄好的動畫。

這段期間，小雪慢慢爬起來，坐到我腿上。踩了一陣子後擺出母雞蹲的姿勢，打起盹來。

註6　日本演員。
註7　「沉沉睡著（Nekokeru）」與「貓（Neko）」日文部分同音。

陣陣暖意從暖桌和貓身上傳來，吃飽喝足帶來了滿足感。

再加上看動畫的幸福感，導致我也逐漸墜入夢鄉。

真是太棒了……這才是年末年初正確的度過方式……

×　×　×

暖洋洋的客廳裡，有一個人和一隻貓。

大白天就窩在暖桌裡耍廢。

根本沒在看卻不關掉的電視，播放著吵鬧的年末特別節目，我不經意地看過去，螢幕上映著年末人潮洶湧的街景。

新年擺設、年菜、螃蟹特價鮭魚特價等等，完全是日本年末的景色。

不久前還在播聖誕歌的電視廣告，現在也變成了「福氣到啊福氣到」的熟悉寺廟歌。聽見這首歌，會有種新年的感覺……

我不禁打了個哈欠，小雪大概是被我傳染了，跟著張大嘴巴。

這傢伙睡了那麼久，竟然還會睏……我無視自己也跟牠差不多這一點，在小雪頭上摸了一把。小雪豎起耳朵，面向客廳的門。

我跟著看過去，媽媽揉著眼睛走進客廳。還以為她肯定出門了，看來是現在才起床。

「妳在家啊？放假？」

我跟她搭話，媽媽重新戴好眼鏡，睡眼惺忪地看著我。

「上午請假。昨天忙到很晚。」

「哦——」

社畜真辛苦……好吧，光是能請半天假就算得上好公司了。

不管怎樣，拜努力工作的爸比媽咪所賜，我才能像這樣賴在溫暖的暖桌裡，真的太感謝爸媽了，真心尊敬，玩大富翁輸掉真心生氣（註8）的那種感覺。

感謝喔～感謝喔～我默默膜拜她，媽媽忙碌地開始準備出門，接著突然想到什麼，轉頭望向我。

「真的對不起，今天我也會晚回來，晚餐你隨便吃一吃吧。」

「Oui。」

我也不知道我為何要用法文回答，不過不愧是我媽。她毫不放在心上，直接無視，只有點了下頭回應。這冷淡的反應小町會模仿的，請妳別這樣！

註8　日本搖滾樂團湘南乃風的歌曲〈純戀歌〉的歌詞。

「啊，那給我錢。」

媽媽聽了瞬間皺起眉頭，但她馬上輕聲嘆息，拿出一千塊遞給我。

「小町的份呢？」

「小町有帶便當出去。啊，對了。我做便當的時候有幫你準備一份。」

「啊──大概是我剛剛吃掉的那個，很好吃。」

「……就知道。男生的食量真大。」

媽媽一邊碎碎念，一邊俐落地做好出門的準備。

是說媽媽也真那個，要是有孫子，她可能會餵他一輩子。為什麼大家的奶奶都愛在孫子回家時狂塞食物？年輕歸年輕，胃的容量也是有極限的。真的超能感覺到愛情的啦。光這樣心靈就極度滿足了，希望妳們長命百歲。

我珍惜地收好剛才接過的千元鈔票，身體跟錢包都在暖桌裡烘得暖暖的，這時換上正式服裝的媽媽低頭看著我。眉頭緊皺，瞪了我一眼。

「我說，哥哥啊，大考結束前，不要在小町面前表現得太邋遢。」

「嗯，啊……好。」

我對哥哥這個稱呼真的很沒抵抗力。從以前到現在，媽媽只有因為小町的事情罵我時，會故意用溫柔的聲音叫我哥哥，而不是叫我「八幡」或「你」，因此我會反射性變乖。不對，有一段時期，我會拿「我才不是媽媽的哥哥——！」頂嘴，不過那種幼稚的叛逆期已經結束了，嗯。

我聽話地應聲，媽媽微笑著點頭。

「相對的，考完試後你要怎麼寵她都可以。」

「呃，我又沒有寵她……」

怎麼把我講得好像妹控。怎樣？這是親生父母公認的意思嗎？在我如此心想之時，媽媽深深嘆了一口氣。

「虧你有臉講出這種話。這部分真的跟你爸一模一樣。」

「啊，是喔……」

可不可以不要說我像老爸？我認真的。這樣我會超級擔心自己的髮際線。

聊著聊著，好像到了媽媽的出門時間。

「那我要出門了。」

「Oui。」

「還有，今年收垃圾的時間過了。那些垃圾記得帶回房間。」

「咦……什麼鬼，還有這種當地規則喔？」

「有啊。不如說只有當地規則。都有人會去特地調查怎麼丟垃圾了。」

媽媽輕描淡寫地說道，彷彿在講一件再正常不過的事，我只能點頭回應「喔、喔」。討厭啦那是什麼審判（自稱）。這是當地的黑暗面吧？

反正沒人收垃圾，用不著大掃除也行囉……

這時，媽媽打著哈欠說「我出門了」，走出客廳。

我在暖桌裡目送她離開，想著我也該出門了，爬出暖桌。

我不是在介意老媽那句「別這麼邋遢」，不過一直待在家的話，我可能會就這樣遊手好閒地度過一天，因此我稍微有了點動動身體的幹勁。

拜自閉男這個難聽的綽號所賜，我很容易被當成「心跳自宅！自閉男天使！」（註9）但我偶爾也會踏出家門。

我當然熱愛待在家，可是獨自外出也挺喜歡的。能單獨行動的時候，有時還會雀躍地制定行程。

雖說寒假沒長到哪去，那可是珍貴的長期休假。出去買書看也好，找遊戲熬夜打也不錯。

隨便在街上亂逛，順便吃個晚餐再回家吧。要不要久違地去看場電影？

我摸了下負責看家的小雪，說聲「拜託囉」，得意洋洋喜孜孜地哼著歌踏出家

註9 惡搞自《光之美少女》中夏海真夏的變身臺詞「心跳常夏！夏日天使！」。

門。

× × ×

要在千葉看電影，大部分的情況都是去千葉站附近看。以前我被迫跟葉山、折本、那個叫什麼町的折本的朋友一起去的電影院就在那裡。

去千葉站是無所謂，但海濱慕張的影城離我家近得多。

因此，今天的目的地是海濱慕張的影城。

從我家出發，騎腳踏車用不著多久，不過在寒冷的冬天迎著風拚命踩踏板相當累人，心生畏懼的我最後選擇搭公車去。

在有暖氣的車內待了十分鐘左右。

我在站前下車，從海上吹來的風鑽進外套的縫隙。

我繫緊圍巾，縮著身體走進人潮之中。

年末的街道上，人潮絡繹不絕，不知道是先開始放年假的人大多跑出來了，還是有什麼活動。

我逆著往車站移動的人流，走向影城。

我暑假跟戶塚來過這座影城。將來我創教的那一天，這裡應該會被列為聖地。走進建築物，裡面的遊樂場傳出電子音、音樂聲和小孩的嬉戲聲。

我背對那邊，搭乘手扶梯前往二樓，選了時間剛好的電影買票。

好像是部好萊塢風的大作。我有一瞬間在考慮要不要揮舞奇蹟手電筒吶喊「光之美少女——！加油啊——！」幫忙打氣，可是我這種人跑進影廳，萬一嚇到裡面的幼女及她們的家長就糟了。忍到出BD的時候再看吧。

不過隨便挑一部電影消磨時間，也是只有單獨行動時才能做的奢侈行為。畢竟跟別人一起看的話就得考慮各種因素，例如對方的喜好。

我用手指彈著剛買好的電影票，打算閒晃到電影開演的時候。

我來到樓下，想著「要不要去剛才那家遊樂場打硬幣遊戲、問答魔法學院或麻將格鬥俱樂部咧」，撞見意想不到的人物。

「啊，是自閉男！嗨囉！」

「喔、喔……」

偶然的邂逅及突如其來的招呼語，嚇了我一大跳。用呆到不行的聲音呼喚我的人，是由比濱結衣。

她身穿長及膝蓋的毛衣和深棕色麂皮靴，毛衣和靴子間，隱約看得見白皙柔嫩的肌膚。或許是因為室內很溫暖的關係，她將米色外套抱在手上，用藍色髮圈綁成的丸子頭，隨著抬起手的動作輕輕搖晃。

哎呀，那個髮圈不錯看耶……

儘管我試著假裝沒發現，那東西怎麼看都是前幾天送的髮圈，害我羞得別過頭。好啦，她願意拿來用，我非常感激，不如說這禮物送得值得了，可是實際看到真的覺得害羞到極點。

咦咦……怎麼回事，超難為情的……

由比濱自然不可能知道我在想什麼，一點反應都沒有，踏著小碎步走過來，面露疑惑。

「你在這邊幹麼？」

「……就，打發時間。」

那妳呢？我盯著她代替開口詢問，多虧那位一臉困惑地從她後面跟過來的女生，她的目的不言自明。

「那個，由比濱同學，我還是覺得剛才那張照片很奇怪……過曝了，眼睛看起來又大……我想重拍一張……」

雪之下雪乃瞪著手機，碎碎念著走過來。我不禁對她投以像在訓她「嘿同學～

這樣很危險，不要邊走邊看手機喔～？」的視線。

她穿著大約二十丹的褲襪、緊身黑皮靴、皺褶細密的高腰百褶裙和薄毛衣。上半身是純白的外套，柔順的烏黑直髮稍微夾捲，垂在胸前。粉紅色髮圈為馬尾的根部增添了一抹顏色。

明明是跟平常不同的髮型，卻有種既視感，大概是因為那個髮圈。款式單調樸素，疑似是我聖誕節送的。不如說怎麼看都是……呃，好害羞喔。不按住臉的話可能會不小心笑出來。

雪之下仍然盯著手機，垂著眉梢念念有詞，由比濱走過去輕拍她的肩膀。

「小雪乃小雪乃，是自閉男耶，那裡有自閉男耶。」

「這什麼說法……又不是在逛動物園……」

我有點無力，雪之下驚訝地抬頭。

「……啊。比企谷同學。你、你好。」

她不知所措，迅速將前一秒還拿在手上的手機藏到身後。

據我推測，她們是一起出來玩，拍了大頭貼吧。

大頭貼歷史悠久，至今仍然非常受歡迎，最近還是多少會看到有人在拍。原因在於現在雖然能用手機輕鬆修照，有些「效果」只有機臺才做得到。正因為是社群網站的全盛時期，能夠確實地靠機臺的力量「做出效果」的信賴感，或許就是大頭貼機被選上的理由。

「妳們竟然會來遊樂場，真難得。」

我瞥了大頭貼區一眼，由比濱咻咻咻地滑起手機。

「啊，嗯。我們拍了大頭貼。」

雪之下用力抓住想拿照片給我看的由比濱的手，對她投以有點銳利的視線及聲音。

「住手。」

「……妳、妳的眼神好認真。」

她的氣勢導致由比濱嚴重受到驚嚇，雪之下像在鬧脾氣似地噘起嘴巴。

「當然會認真……那張照片很奇怪。」

「咦——？不會啦——」

她邊說邊遞出手機——

「妳看。這張完全沒加特效。奇怪的反而是小雪乃那張根本不需要加效果的臉！」

「我的臉奇怪……」

由比濱應該是想稱讚她，可惜用詞實在太爛，雪之下默默受到打擊，沮喪地垂下頭。

「啊，是在誇妳可愛啦！」

「是、是嗎……那還真是，謝謝稱讚……」

由比濱竭盡全力的解釋，讓雪之下打起一點精神。但她好像完全不打算讓我看見那張照片，緊緊抓著由比濱的手。

嗯——藏成這樣，我反而有點想看……

雪之下原本就皮膚白眼睛大。照片修得太誇張，肯定會變成其他人。該修的反而是其他部位……沒有啦，不修也沒關係啦！

可是，要說不必修圖不必加效果，我認為由比濱也一樣，可能是她經常拍照，所以才不太介意。

「難得拍了照的說……啊，那再拍一次吧！」

「……下次再說。」

雪之下疲憊地嘆氣，回答由比濱像在撒嬌的聲音。這段對話挺溫馨的。

聖誕節過後，雪之下和由比濱感情好像更好了。雖然前幾天才在聖誕派對上見過面，那些時間在她們之間似乎沒什麼意義。

這也是拜累積至今的事物所賜吧。

雨過天晴，這個形容雖然很老套，體會過那段空虛的時間，可以說讓她們的關係更進一步了。

嗯嗯，希望她們維持現狀，永遠黏在一起輕鬆百合。

雪之下快速地將藏在身後的手機收進包包，彷彿在表示大頭貼的話題到此為止，看了下我手中的紙片。

「比企谷同學是……來看電影的？」

「對。」

我用手指夾住拿在手中把玩的電影票。雪之下把臉湊近，唸出印在上面的片名，歪過頭。

「真想不到，還以為你沒有那方面的興趣。在我眼中，你是那種會批評這類型的熱門作品商業主義或迎合大眾，打從一開始就瞧不起，還列出一堆缺點，為此感到心滿意足，感受性跟垃圾一樣的人。」

「……妳把我當成什麼？大部分都說中了我很難反駁所以可以請妳不要講這種話嗎？我也會看這種片打發時間好不好。」

不如說製作成本高的超大作，最好去電影院看。就算劇情毫無亮點，光是魄力及臨場感就不會讓人覺得浪費時間。選不起眼的作品看的話，如果劇情或呈現方式有點那個，反而很掃興。

「再說……」

我停頓片刻，雪之下斜眼瞥過來，催促我繼續說。我感受到她的視線，挺胸回答：

「我是看完後才會把那部片批得一文不值的類型。」

「結果還是會批評……」

雪之下嘆了口氣，用手按住太陽穴，一副頭很痛的模樣。由比濱勾住她的手臂，指向我手中的電影票，看著雪之下的臉。

「欸欸，我們也去看電影嘛。」

手臂被扯來扯去的雪之下，臉上瞬間浮現傷腦筋的表情，但她立刻露出淡淡的苦笑，用蘊含一絲調侃意味的語氣回答：

「是可以……但妳不是要買東西嗎？」

「咦，啊……」

由比濱的視線在雪之下和我的臉上來回移動，陷入苦思，眉毛垂成八字形。

雪之下見狀，忽然笑了出來。

「下次再來吧……而且若妳不介意，我可以看完電影再陪妳買。」

「可以嗎？」

看來今天是由比濱約雪之下的，回問的聲音聽得出些微的愧疚。泛著淚光的大眼宛如被罵的小狗，與她相對的雪之下，聲音也自然而然變得柔和。

「嗯。」

雪之下微笑著回答，由比濱也高興地點頭，就這樣牽起她的手走向電影院。

「好，那走吧！我們好像是第一次三個人一起看電影？」

走在前面的由比濱回頭說道。

的確，仔細一想，在社辦裡無所事事的時間雖然滿會重疊的，我們三個從未在沒有目的、沒有委託、沒有工作的情況下逛街，更遑論看電影。

「嗯……是啊。」

即使有那個機會，會選擇這個選項的也只有由比濱而已。

同樣走在前面的雪之下應該也明白，用帶著笑意，像在說笑的語氣接著說：

「不過座位是固定的，我們應該會分開來坐。」

「啊………嗯，沒關係啦。」

由比濱仍然抱著雪之下的手臂，朝通往樓上的電扶梯踏出一步。

×　×　×

我花了幾分鐘等待她們買完票和其他東西。

這樣剛好打發掉多餘的時間，電影即將開演。

等她們回來後，我們一起走向通往影廳的走道。

巨大的銀幕，加上開演前那安靜卻聽得見交頭接耳聲，彷彿懷著一絲期待的獨特氛圍。

我很喜歡開演前的這個氣氛。

在通往指定座位的樓梯上，每走一步就感覺得到，心臟正因為緊張及期待而加速跳動。

無論那部電影是名作還是糞作，這一刻的喜悅都不會改變。哎呀——電影真的很棒——我還沒看就是了。

「那等等見！」

由比濱拋下這句話，早我一步走向自己的座位。跟在後面的雪之下，手裡拿著焦糖爆米花和可樂，準備齊全。雪之下同學，妳其實挺有興致的嘛……

我和兩人道別，走向最後一排正中央的位子。

從最後一排看下去，大約有七成的座位有人坐。雖說是年末，以平日來說觀眾算滿多的。

客人並不少，我注意到的卻是剩下的空位。視線會往零碎的空間飄，大概是我的習慣。

我總是下意識尋找缺少的事物。明明馬上就會知道自己並不滿足，卻忍不住想去確認。明明就算特地確認，也不代表空缺會被填滿。

在玩「尋找空缺」這種空虛遊戲的過程中，我的視線固定在某一點上。

剛好坐在我前面兩排的，兩個人。

光憑背影都認得出那是誰。我看著她們把臉湊在一起，相視而笑，然後，影廳內的燈光開始熄滅。

銀幕於黑暗中浮現，播放新片的廣告。

然而，目前沒打算去看的新作情報吸引不了我的注意，視線不知不覺跟著那兩個人移動。看見熟悉的電影小偷（註10）在銀幕上扭來扭去，依然靜不下心來。

銀幕發出的光，微微照亮坐在前面兩排的兩人的臉龐。

每當丸子頭的影子在空中彈起，烏黑秀髮就會像在微笑似地輕輕搖晃。看來皮

註10　日本電影院在正片開始前會播放的禮儀宣導廣告。

影戲的世界正在上演比銀幕中更加愉快的故事。

沒有聲音，只是細微的動作，背景的音效、音樂、臺詞也通通對不上，卻有種令人看得出神的神奇魅力。

我不自覺地盯著這幅景象看，完全沒把電影的內容看進去。

2 在瀰漫淡淡紅茶香的地方。

微光一盞盞亮起，嘆息聲也跟著從四處傳來。

從座位上起身的觀眾紛紛和朋友、戀人討論感想，走向出口。

我看著暗下來的銀幕，吁出一口氣，將還沒喝完的可樂灌入口中，站起來。

影廳吐出的觀眾們，於影城的走廊上慢慢移動。人流前方，有人站在大廳角落的販售區前面跟我揮手。

「啊，自閉男。喂——」

是比我早離開的由比濱和雪之下。

由比濱像在伸懶腰般踮起腳尖，伸長手臂。

嗯……在外面被人這樣叫挺不好意思的……還有，長及膝蓋的毛衣和靴子之間有塊絕對領域，怎麼說呢，就是，肌膚若隱若現，看得到一點大腿，拜託妳別這樣。真的會看見。害我著急得走路都變成小跑步了。

跟她們會合後，我並沒有特別說什麼，或者說不知道講什麼才是對的，於是我先點了下頭。我們沒有刻意約好要在這邊碰面，突然為這件事道謝或道歉很奇怪，可是毫無反應又不太對。

雖然我不認為她看出了我的遲疑，由比濱也點頭回應，邁步而出，彷彿要帶領我們。雪之下也自然地跟在後面。

我們默默走到外面的樓梯，晚風吹過，害我不禁縮起脖子。

我拿手中的圍巾在脖子上圍了好幾圈，追上由比濱她們。

由比濱踩著輕快的步伐走下樓梯，望向旁邊的雪之下。

「好壯觀喔。有種……咻咚！的感覺。」

這什麼形容？《秀逗魔導士》嗎？由比濱對電影的感想用詞超級幼稚，卻跟菁英人士說的話一樣難懂……

然而，對雪之下來說情報量似乎足夠了，她宛如在聽孩子說話的母親，面帶柔和笑容。

「是啊。特效也很華麗，在高潮片段炒熱了氣氛，挺不錯的。而且演員的演技也很逼真。」

「啊，對吧！超漂亮的——！」

於離我差不多兩步遠的地方進行的對話，以電影感想來說滿正常的，在旁邊聽的我覺得很新鮮。

原來由比濱有把電影看進去……這種令人驚訝的新鮮感也不是沒有，但除了這個，我從來沒聽過女生評論電影，因此非常好奇。

像我和材木座就經常忍不住開始批評作品。或許是男女在這方面有所差異。為什麼男生分享感想時，最後都會變成在罵腳本爛作畫爛演出爛演技爛原作是爛人尤其是那個輕小說家跟人渣沒兩樣呢……各位！請往用稱讚幫助人成長的方向思考好嗎！

總而言之，電影看完了。我看著走在前面的由比濱和雪之下，想知道要不要在這裡解散。

抵達樓下後，由比濱轉過身。

「你們會不會餓呀？」

經她這麼一問，我仰望天空，晚霞慢慢在西邊的天空擴散開來。

現在吃晚餐有點早。剛才看電影的時候，我只有喝可樂而已，所以胃還有空間。

問題是吃了一堆焦糖爆米花的雪之下同學……我看了雪之下一眼，她略顯煩惱地托著下巴。

「……我可以陪妳喝杯茶。」

「喔——那就決定了！要去哪裡？」

由比濱說完就盯著我的臉。呃，妳看我幹麼……

我不認為這種時候我有決定權。八幡是知道的。這種時候如果選錯店家，會引來哄堂大笑。證據就是折本家的佳織小妹妹和她的朋友某某町小妹妹。

所以，我面不改色地望向旁邊的雪之下。

雪之下好像也沒有特別想吃什麼，搖搖頭，看著由比濱。

「那個……我去哪都行……」

她像要打馬虎眼似地笑了笑，視線又落在我身上。嗯——回歸原點了……

這樣下去可能會輪迴一輩子。

好吧，既然沒有特別想去的地方，隨便列出幾家店請她們決定，應該比較好。有時候也可以藉由刪去法篩出答案。

因此，我隨口提議道：

「那，薩莉亞如何？」

我看著由比濱的臉，觀察她的反應。由比濱面不改色地立刻回答：

「嗯，可以呀！」

……咦，可以嗎？

出乎意料的是，她一秒回答，害我反射性望向雪之下。雪之下並未反對，看來也沒有意見。

咦，真的吃薩莉亞就行？我超喜歡薩莉亞所以完全不介意。不過拜折本和某某町同學所賜，我一直覺得女生是不是不太喜歡義式料理……

不，等等。以由比濱的個性，她有可能因為義式料理有時會簡稱義飯，不小心誤以為是炒飯。但硬要說的話，比起義式料理，薩莉亞更接近千葉料理！不愧是發源於千葉的餐廳！我有個建議，讓薩莉亞這家義大利餐廳跟動畫合作推出痛飯，這樣的企劃怎麼樣……請務必考慮看看！

不是炒飯店也不是痛飯店，吃平凡的薩莉亞真的沒關係嗎……這傢伙會不會沒聽過薩莉亞？畢竟薩莉亞這名字乍聽之下挺潮的！跟香榭麗舍有點像！有時聽著聽著還會覺得像超光戰士山齊里奧，英雄味撲鼻而來！（註11）得仔細確認才行！

註11　薩莉亞日文讀音為「Saize」，香榭麗舍為「Syanzerize」，山齊里奧為「Syanzerion」。

「……真的吃薩莉亞就行？」

「咦，我反而想問，吃薩莉亞不行嗎？」

我試探性地詢問，由比濱也一臉困惑，戰戰兢兢回問。

「不，沒什麼不行的不如說很棒薩莉亞超級完美……對不對？」

我轉頭看著雪之下，彷彿在徵求她的同意。

「完美與否是你的主觀意見，我不方便評論，可是我也沒有要反對的理由。」

雪之下輕輕撥開垂在肩上的頭髮，用與平常無異的語氣回答。贊成兩票，提案通過……

話雖如此。

話雖如此啊。

從心裡湧出的某種情緒卡在喉間，害我不自覺地清了下嗓子。

「不……不不不，等一下。仔細一想，我現在不是想去飲料吧喝到爽的心情。看電影的時候也有喝東西。所以，我認為看起來很時尚的咖啡廳那類的場所較為合適。」

「時尚……」

由比濱露出非常複雜的表情，像無言又像傻眼。咦、咦!?提到薩莉亞的時候完全沒有那種感覺，不如說她的反應挺正面的啊!?總之，必須更正發言……

「啊——對不起，千葉沒有時尚的地方，抱歉。」

「自閉男，你把千葉當成什麼了!?這裡還是有氣氛不錯的咖啡廳啦！」

「不曉得你是想稱讚千葉還是想貶低千葉……」

我都先跟她們道歉「對不起啾咪☆」了，卻被說成這樣。兩位果然很喜歡千葉~唉唷，千葉的優點和缺點我都深深愛著嘛。不盲目相信方為真愛喔？

本想傾訴一下我對千葉的愛，似乎沒那個必要。聽完我剛才說的話，雪之下用手抵著下巴說：

「若要去你說的那種店，我有想到一家。」

「小雪乃有推薦的地方!?可愛嗎!?」

由比濱的反應異常激動，雪之下有點嚇到。

「啊，不是……是我經過好幾次，有點好奇的店，我也沒實際去過。」

「不錯呀！就去那裡吧！」

由比濱用視線徵詢我的意見。

既然雪之下有想法，我沒有異議。我本來就連去薩莉亞都不介意了。

不過……我不禁覺得，偶爾去其他地方也行，或者說機會難得，放手嘗試點新東西也不賴。

「嗯，可以啊。」

雪之下聞言，輕輕點頭。

「是、是嗎……那就走吧。」

「嗯！」

「……那個，由比濱同學。這樣我很難走路。」

雪之下試圖拉開由比濱的手，走向她說的那家咖啡廳。然而，冬天的比濱同學大概是想取暖，沒有要放開她的意思。我還以為雪之下已經習慣被黏，她可能缺乏維持那種狀態移動的經驗。

走路有點不穩的雪之下，以及纏著她不放的由比濱。我和她們維持著一段微妙的距離，跟在後面。

這兩個人原本就外貌出眾，現在又散發出一股百合香，自然更引人注目。就算是我，待在那附近也會有點不好意思……

反、反正我很擅長裝不認識人！同學也常裝作不認識我！萬歲——！過去的經驗派上用場囉——！

×　×　×

從車站走了一會兒，我們來到在這一帶屬於高級住宅區的區域。

這附近是在開發新市中心時蓋的高樓大廈區，由於那高級的外觀及整齊的街景，至今仍舊很受歡迎，雪之下住的大樓好像就是其中的代表。此外，附近的當地居民分成分售派和出租派，低樓層的居民跟高樓層的居民聽說有嫌隙，這是比企谷家的媽咪跟我聊八卦時提到的，詳情我不清楚。

……不用擔心！一定只是謠言！千葉市民大家都是好朋友！

不愧是高尚的市民居住的高尚的高級地帶，周圍有許多潮店。

雪之下等等要去的咖啡廳也是其中之一吧。

走在我半步前的雪之下大步向前，毫不猶豫。

「……這一帶妳就很熟啊。」

「哎呀，以你來說真是隨便的諷刺呢？」

雪之下對我展露燦爛的笑容。哎呀呀，您知道自己是路痴呀，呵呵呵呵呵。現在可不是笑咪咪的時候。雪之下的眼神真的超冰冷。

「自閉男……」

由比濱像在譴責我似地瞇起眼睛鼓起臉頰，拉扯我外套的下襬。好像是要我道歉。

「不是，我不是在諷刺她。是佩服或放心的意思，好嗎？」

我隨便掰了個藉口，企圖敷衍了事，雪之下的眼神卻依然銳利。因此，我選擇主動移開目光！

我不經意地環視周遭。

這裡我姑且也算熟。很久以前，我家還會趁假日全家人一起到這附近的義大利麵店吃飯。那裡的義大利麵非常美味，喜歡賢妻良母型女性的我，深深迷上了那家店。多虧那家店，現在我立志成為能做出那麼好吃的義大利麵的優秀專業主夫。可惜它已經關了，沒辦法學那家店的味道。

我感覺到一絲懷念，懶洋洋地走在瓦倫泰路（註12）上。

不久後，沿海道路的盡頭映入眼簾。雪之下停下腳步，略顯不安地回頭看著我們。

「就是這家店……」

註12 二〇〇五年，千葉羅德海洋隊以富士見路為起點舉辦了奪冠遊行。這條路於二〇〇六年以居住於此地的總教練巴比・瓦倫泰為名，改名成瓦倫泰路。

「哦……」

我擺出「這裡就是那女人推薦的咖啡廳啊！」的態度，遠遠觀察咖啡廳。位於高樓大廈一樓的店面外觀時髦，散發出淡淡的咖啡香。

色彩繽紛的沙發座、圓形的椅子、觀葉植物、各種雜貨，還有許多女生會喜歡的器具。

由比濱站在那家店前面，透過用來幫助採光的巨大玻璃窗窺探室內。

「喔……好可愛！」

「是嗎？那就好……先進去吧。」

雪之下露出放心的表情，踏進店內。

店員以溫和的聲音招呼我們，帶我們來到裡面的沙發座。我將柔軟的靠牆沙發讓給兩人，坐到前方偏硬的沙發上。

望向窗戶，可以看見冬天那逐漸被夕陽染紅的溫暖天空。

店內開著溫度適宜的暖氣，播放著輕柔的音樂，除了我們以外只有幾桌客人。人不會太多，安靜又舒適。年末將近應該也多少有點影響。

整體上來說，客人的年齡層偏年輕，全是女性。沒看見「喀噠喀噠喀噠！」地敲著 MacBook Air 的人或邊說話邊比手畫腳的人。

奇怪……咖啡廳本來應該是用來給直銷拉人的地方啊……

雖然這樣講很奇怪，這家店真是正常到了極點。

原來如此，說不定這種年輕女性客人較多的店，雪之下反而比較不好意思進去。我也絕對不會一個人來就是了。

然而，我似乎白擔心了一場。坐在對面的雪之下在店裡待得滿自在的。於社辦展現的成熟氣質很適合這家店，或許是因為有由比濱同行，讓她處於放鬆狀態。搞不好她以後會獨自前來。

至於旁邊的由比濱，當然不會顯得格格不入。她很適合裝潢漂亮的店家，符合年輕小女生的身分。給人的感覺也比在學校的時候穩重一些。

我才剛這麼想。

「啊。」

由比濱輕呼一聲，然後立刻站起來，小跑步到店門口。我好奇她要幹麼，看見她從書架抽出一本雜誌，跑回座位。

「怎麼了?那是什麼?」

我問，由比濱笑著秀出剛才拿的雜誌給我們看。

「徵才雜誌……」

雪之下微微皺眉。

「嗯，在這種地方有這種雜誌，會忍不住拿來看不是嗎？」

「可以理解妳的心情啦……」

「比企谷同學居然會看這種徵才情報，真不可思議。」

雪之下邊說邊歪過頭。

「呃，我也是會看的好不好。再說，這東西到處都有。不只徵才情報，還有專欄會刊載面試禮儀、履歷寫法這種打工小知識。」

「啊，有有有。」

不愧是愛看徵才雜誌的由比濱。她點頭附和我。既然她明白，事情就簡單了。

「對吧？所以打工的時候我都會看它打發時間。」

我也點頭回應。

「你在打工的時候看!?」

「至少在那段時間認真工作吧……」

由比濱大吃一驚，雪之下用手按著太陽穴嘆氣。

可是打工的時候，空閒時間真的很閒……又不能看書或滑手機……我跟同事也沒熟到會聊天……那就只能看徵才雜誌了。

在我心中是打工常有的事（因為是打工嘛（註13）），這兩個人卻無法理解，對我白眼相看。

嗯、嗯……還以為到處都看得到那種人，該不會只是我打工的地方有問題……我清了好幾下喉嚨，以驅散這悔恨的心情。

「別管那個了，先來點餐吧。」

我將菜單放到由比濱攤開來的徵才雜誌上。這種時候我通常都是點混合咖啡，所以不太需要煩惱。

兩位少女卻尖叫著看著菜單。主要是由比濱在尖叫啦。

「我問妳喔，紅茶選哪種比較好？」

由比濱的目光被琳琅滿目的紅茶吸過去，拉扯雪之下的袖子。

「這個嘛……基本款是阿薩姆、錫蘭、格雷伯爵，花草茶系的有洋甘菊、玫瑰果、薄荷。想喝特別一點的可以選櫻花紅茶。」

雪之下帶著一如往常的冷靜表情，流暢地舉出紅茶的種類及品牌，由比濱慢慢沉下臉來，最後開始呻吟，可能是頭會痛吧。雪之下講完後，由比濱面色凝重地注視她。

註13「打工常有的事」日文為「baitoaruaru」，「打工」日文為「Arubaito」。

「……妳在唸咒嗎？」

「是紅茶。」

雪之下嘆出一口既疲憊又空虛的氣。

不不不，像咒文的只有跟 Eloim Essaim（註14）像的阿薩姆吧。人家講了那麼多，結果妳一開始就放棄了嗎？比濱同學……

「嗯……那紅茶就交給小雪乃了！我們點不同的交換喝吧！」

「好、好呀……是可以……要點哪一種呢……」

由比濱把責任全丟給雪之下，導致前一刻還從容不迫的她眉頭緊皺，專心盯著菜單。

啊——這孩子真是的，比濱同學拜託她，她就認真起來了……

「我叫店員來囉……」

等了一陣子，我覺得這樣下去她一輩子都決定不了，知會了兩人一聲便舉起手。

到我這個等級，就算在店裡舉手也不太會被發現，反而剛好可以留時間給她猶豫。

我才剛這麼想，就被發現了。

註14 召喚惡魔時用的咒文。

站在收銀臺後面的女店員忽然看向這邊，快步走過來。

「不好意思，讓您久等了……啊。」

店員俐落地將三杯水放到桌上，看到她啞口無言，我也瞬間語塞。

白襯衫跟黑長褲燙得整整齊齊，腰間繫著樸素的半身圍裙，頂著一頭微捲的黑髮。下方是流露出一絲驚訝的眼睛，以及親切爽朗的笑容。

是我的國中同學，折本佳織。

「這不是比企谷嗎？你在這邊幹麼？」

「喔、喔。呃，我是客人……」

「唷——比企谷也會來這種地方啊。」

她咯咯笑著，取出放在圍裙口袋的點餐機。

這傢伙還是老樣子……

她應該沒有惡意，可是怎麼聽都會感覺到「比企谷怎麼會來這種潮店？笑死」之類的意思……

「我在這邊打工。」

她邊說邊操作點餐機，準備幫我們點餐，瞄了我和坐在對面的兩人一眼。

不愧是見過面的人，沒人問對方的名字。反過來說就是只知道長相和名字。或許是那微妙的距離感所致，氣氛異常僵硬。

她們三個第一次碰面，是在我被迫陪葉山玩雙重約會遊戲的時候。

當時正好牽扯到學生會選舉的事，再加上我們之間的關係也處在非常尷尬的狀態。

之後見到折本是在不久前，總武高中跟海濱綜合高中聯合舉辦聖誕活動，正好進入超級修羅場狀態時。

我實在不覺得這是場幸運的邂逅。

雪之下、由比濱，以及折本。

互相試探的視線及沉默交錯在一起。

由比濱帶著有點困擾的笑容，卻猜不到瞇細的雙眼底下藏著什麼樣的思緒。

雪之下只是直盯著折本的臉，表情沒有任何變化，也沒開口。可是，她散發出的氣息有點冷漠。

折本則對兩人投以好奇的視線。

這是怎樣？我如坐針氈……

說起來，折本對我而言可是甩掉我的對象。我可不想見到她。

在一般情況下遇到折本，我都會尷尬得在心裡揮拳，像這樣連雪之下、由比濱

都在場的話，更是拳頭停不下來，都快使出尷尬真拳了……（註15）

大家似乎都感覺到尷尬真拳醞釀出的尷尬氣氛，異常沉重的沉默仍在持續。

不過，折本忽然輕呼一口氣，開口說道：

「我們沒有正式打過招呼……對不對？我叫折本佳織。跟比企谷同國中，現在是海濱綜合的學生……這些妳們應該都聽比企谷說過了吧。」

折本摸著那頭捲髮，像在掩飾害羞般「啊哈——」笑了下，往我這邊瞄。

然而，我根本笑不出來，只是默默搖頭。

呃，怎麼可能說過……偶遇折本的時候，當下的情況大多都很混亂，不然就是忙得焦頭爛額，哪有那個時間……再說我總是處在混亂又忙得焦頭爛額的情況下！

我一語不發，僅憑複雜的苦笑和開始滴落的冷汗，傳達這聽起來像藉口的說詞。

折本大概也察覺到了，無奈地嘆氣，接著冷笑一聲。

「笑死。通常都會說吧。」

「不，一點都不好笑……」

我小聲地說，折本輕輕聳肩，面向由比濱和雪之下。

「好吧，算了。是說辦活動的時候真的對不起喔。謝謝兩位。」

註15 惡搞自《鼻毛真拳》。

她稍微低下頭，露出開朗的笑容。

這種一半敬語一半平語的說話方式，如實反映出折本的態度。但大刺刺的語氣及自然的聲調中，帶有便於回話的節奏。

「啊，妳好……不會，我才要這麼說……啊，我叫由比濱結衣。那個，是自閉男……比企谷同學的同學……」

由比濱也不知所措，以遲來的自我介紹回答。折本對於這句話中的某個詞彙瞬間起了反應。

「自閉男？……噗噗。」

她別過頭，捧腹大笑。不不不現在不是笑的時候吧，不是吧？

「啊、啊哈哈哈……」

面對突然大笑的折本，由比濱也傷腦筋地扯出笑容。折本似乎發現了那諂媚的笑容，馬上收起笑意，做出拭淚的動作，急忙解釋。

「啊，抱歉抱歉。比企谷被人這樣叫超新鮮的——我不是因為奇怪的原因在笑啦。」

折本裝出正經八百的表情補充道。

她說的應該是真的。

其中沒有深意。反過來說就是也沒有考量或顧慮，只要把她當成那種個性的人，就會覺得她的反應沒什麼大不了。她只是把大剌剌跟少根筋混為一談罷了。

國中時期認識的人，記得我的名字反而還比較稀奇。因為大家都是用比青蛙這種可以說是蔑稱的綽號叫我，聽見自閉男這個暱稱八成會嚇到，笑出來也不奇怪。至於自閉男是不是蔑稱是另一回事喔？

好吧，與人交談時拿雙方都認識的人擴展話題，是常用的手段。這次僅僅是她開玩笑的路線跟由比濱不合。

「這人笑點滿低的。」

「嗯、嗯……」

我沒有要幫她說話的意思，但我可不希望氣氛莫名其妙變僵，破壞難得的下午茶時間。我壓低音量說道，由比濱也點點頭。

假如她跟折本的距離再近一點，由比濱大概不會露出這種有點憂鬱的表情。能夠正常聊天，這種話題也笑得出來吧。因為老實說，跟由比濱是好朋友的三浦有時也挺過分的喔？

或者，她們說不定會從現在開始加深情誼。

從折本現在露出夾雜些許後悔的淡淡苦笑來看，可以預測到那個可能性。

只要掌握彼此的距離感，以這兩個人的社交力一定沒問題。儘管不知道今後有沒有那樣的機會，她們應該能好好相處。

而剩下這位同學……

「那麼，呃……」

折本望向雪之下，以掩飾剛才那陣尷尬。

然而，雪之下的姿勢沒有任何變化，只是冷冷看著她。嗚咿咿……她的瞳色是攻擊色……不要啦，好恐怖……

「呃……」

經過短暫的沉默，連折本都有點畏縮，低下頭來，發出只是在想要怎麼接話的微弱聲音。

雪之下似乎聽見了那個聲音，輕輕吐出帶有一絲從容的氣。這是那個嗎？野生動物遇見時先移開目光的那一方就輸了的情境嗎？

她閉上眼睛，清了下喉嚨，瞄向折本。

「我是雪之下雪乃。是比、比企、比企…………」

她的話只說到一半。怎麼了小雪乃？難道妳忘記我的名字了？

好像不是，她看看由比濱，又看看折本，低著頭咕噥道：

「是自閉男……的社長。」

話一說完，雪之下立刻滿臉通紅，連雪白的頸項都染成朱紅。在旁邊聽的我們目瞪口呆。

不是，妳竟然叫我自閉男……為什麼突然用那種叫法……在我疑惑之時，由比濱像要保護她似地抱住雪之下。

「小雪乃！會害羞就不要勉強！總覺得好對不起妳！」

「沒有，我沒有勉強……」

被由比濱抱在懷裡的雪之下嘴上這麼說，臉頰卻依然紅通通的，扭動著身軀。

仔細一想，自閉男這個綽號是由比濱第一個叫的。雪之下可能是覺得由比濱的命名品味被人嘲笑，想要袒護她。

那種笨拙的做法，很有雪之下的風格。

對了，雖然我真的有種莫名其妙的感覺，都是我的名字招致這種狀況，對不起喔？明年的盂蘭盆節我會去教訓祖先一頓，原諒我好嗎？

總而言之，比濱同學和小雪乃感情甚篤，在下心滿意足。

在我喝水之時，折本看見她們倆的互動，小聲對我說了句悄悄話。

「她們感情好好。」

「喔，對啊。如妳所見……」

回答完，我往那邊瞥了眼，折本帶著有點困惑、散發一股疏離感的苦笑注視兩人。

對我來說，這已經是熟悉的景象，可是在跟她們不太熟的人眼中，兩位美少女親暱地摟摟抱抱，不只感情好，反而會讓人有點退縮吧？甚至連我都會退縮。因為不退得遠一點把視角拉遠，就看不清全景。

折本佳織在我的記憶中，跟其他人的距離雖近，卻不常看見她跟女生黏在一起。但我對她的瞭解也沒深入到可以分析她啦。

同為女性，未必處在同樣的文化圈。

那麼，折本同學看見這兩位會作何感想呢……我有點興奮，偷偷觀察她的反應，折本吁出一小口氣，莞爾一笑。

「這樣呀，那我還真是說錯話了。」

她輕聲呢喃，把點餐機的蓋子弄得啪噠作響，彷彿要轉換心情，立刻抬頭。臉上是熟悉的表情。

「所以，你們要點什麼？我可以幫你們算員工價喔——」

她按了幾下點餐機，瞄向由比濱。

「那、那個……這樣好嗎？」

由比濱的疑問很正常，還被她抱著的雪之下也驚訝地看著折本。

折本卻歪過頭，面不改色。

「不知道耶？反正是認識的人，沒差吧？我也不確定就是了。」

這傢伙真的很隨便……

「那我會很感激啦……」

妳們意下如何？我望向由比濱和雪之下，雪之下好像還沒對折本放鬆戒心，偷看了她一眼，迅速將視線移回我身上。

「我們沒道理接受這個優惠。」

別過頭的動作，儼然是隻不親人的野貓。至於坐在旁邊的由比濱，她的目光在雪之下、折本跟我身上來回。那不安的表情，讓人聯想到家裡來了許多客人時的家犬。

「唉、唉唷，可是人家是自閉男的朋友……朋友的話，這種事應該很普遍吧？」

「對對對，在這間店很普遍啦。」

折本揮揮手，宛如正在拍翅的蝙蝠，對野貓和家犬微笑。

折本自己都說可以了，我沒必要回絕。畢竟萬一出了什麼事，被罵的是折本！

討厭！八幡真是個大爛人！人渣！

是說，考慮到折本那麼厚臉皮或者說社交力那麼高，她在這間店又過得如魚得水，應該不會有問題。

打工的地方總會有特別受歡迎的女生……空閒時間常跟你聊天，結果不小心就喜歡上人家。但對方只是閒著無聊才找你搭話，一點希望都沒有。真的是吼明明對我沒意思，可以不要在上班時間跟我說悄悄話嗎？妳看不起我是吧給我去工作。

差點想起不久前在打工的地方留下的討厭回憶，拜其所賜，我很快就得出結論。別人的好心就該乖乖收下。可是別人的好意不能乖乖收下！千萬不能！

而且雖說她沒有惡意，剛才把氣氛搞僵，折本大概也會覺得愧疚。既然是她的心意，收下來彼此都會比較輕鬆。

「那我就不客氣了……我要混合咖啡。這兩個人要……」

我望向由比濱和雪之下。

「謝、謝謝妳——！……您？」

由比濱用夾雜敬語的奇怪措辭道謝。雪之下默默低頭。

「呃……那——我要蒙布朗、可麗露和……」

「紅茶照我的喜好挑行嗎？」

「嗯！交給妳了！」

兩人把臉靠在一起看菜單，站在桌子旁邊的折本插嘴說道：

「我們家的薩赫蛋糕也很好吃喔。」

「啊，這樣呀。那再一塊薩赫蛋糕……麻煩了。」

「好的～」

我心不在焉地看著這段互動，忽然發現。

雪之下的態度就是平常的她，沒什麼奇怪的。是說這傢伙真的始終如一……

折本也跟國中時期一樣。對待許久不見的我、初次見面的葉山、戒心表露無遺的雪之下，還有那個應該是她朋友的什麼町同學的方式，都沒有太大的區別。

可是，由比濱的態度出乎我的意料。

由比濱本來就習慣看人臉色，但她對折本感覺有點反應過度了。

當然，她們見過面的次數屈指可數，我知道距離感還拿捏不好。連我都還無法掌握跟她的距離感……奇怪，我明明是跟她在一起最久的人不對我們並沒有在一起！因為我在那之前就被甩掉。先不說這個了。

然而，平常的由比濱應該能更加圓滑地跟她相處。何況折本都努力表現出親切的態度了。不對，一部分是她的本性，而且有些行為純粹是折本誤認為那叫大刺刺，所以不好說……

不過我覺得若是由比濱，可以跟折本這種會主動拉近距離的類型處得很好。

話雖如此，人合不合得來可不是能夠輕易推測的。會因為什麼樣的契機交好或交惡，無從得知。

再合得來的人，如果得意忘形管不住嘴巴，不小心踩到對方的地雷，從此不相往來——這種事並不稀奇。

所以，由比濱和折本將來也有可能變成好朋友吧。或者也有可能再也不會見面。

由比濱的態度固然反常，還算在可以忽略的程度。

我思考到一半，看著菜單的由比濱抬起頭，與我四目相交。

「自閉男，你要點其他東西嗎？」

「啊——不用。」

我簡短回答，折本「啪噠」一聲合上點餐機。

「好囉。那你們稍等一下。」

她將點餐機塞進圍裙的口袋，收走菜單，然後看見放在底下的徵才雜誌。

折本錯愕地歪過頭。

「比企谷，你在找打工嗎？那要不要來這裡打工？現在內場跟外場都在徵人。」

「不要……」

「咦——幹麼不來。」

聽見我的回應，折本垂下肩膀。

咦，等等，這人幹麼表現出很遺憾的樣子？怎樣妳是想跟我在同一家店打工嗎什麼意思啦。

我該做何反應……我啞口無言，正面的沙發座傳來輕笑聲。

轉頭一看，雪之下帶著十分柔和的微笑。

「與地點無關，比企谷同學根本不想工作。」

雪之下笑著說道，由比濱頻頻點頭。嗯——是沒錯，可是自己的無職願望被人講出來，會重新體會到自己有多廢，感覺好複雜……

於是，我面向橋本，表示我不會來這裡打工。折本用手梳理頭髮，嘆了口氣，看起來有點疲憊。

「這樣啊——如果有人能跟我換班，會超輕鬆的說。找人代班很辛苦的——」

「啊，是喔……」

果然是這種原因……

說真的，打工要請假的時候，請假的那名員工得自己找人代班，超不合理的。

這不是店長或負責人的工作嗎？這樣說的話馬上會有人跟我扯什麼工作的責任感，我倒想請問店長是不用負管理監督經營的責任喔？

「那你想工作的時候再告訴我。」

折本用菜單敲著肩膀，由比濱笑著答腔。

「啊──自閉男不會去工作吧……這是我拿來看的。」

「原來如此。啊，如果妳有意願來這邊打工可以跟我說，我幫妳介紹。」

「不是，誰聽妳剛才那樣說會想來這家店打工啊……」

「確實！真的！」

我突如其來的一句話，逗得折本哈哈大笑。國中時期，我好像也跟折本進行過類似的對話。

這令我莫名懷念，卻不惆悵。

折本在走向廚房前回過頭。

「不過我講真的，像今天這種閒閒沒事做的日子很多，我滿推薦的。」

難怪妳一直待在這聊天……那不重要，可不可以快點上咖啡？

同事的看法我是不知道，但身為客人，希望她認真工作。否則我會鬼迷心竅，覺得到這麼閒的店上班也不是不行。

× × ×

過沒多久，咖啡、紅茶，還有由比濱點的可麗露、蒙布朗等甜點送來了。

「久等了——」

折本熟練地上餐，托盤在空中轉了圈，夾在腋下。然後裝模作樣地一鞠躬，補上一句「請慢用」就離開了。

桌上放著各種精緻的甜點。對於滿喜歡吃甜點的我而言，是有點心情激動大喊安可（註16）的畫面。

我雀躍地想著「要吃哪一個好呢」，視線被那些甜點吸引住，由比濱用力拿叉子切開它們。

「自閉男，給你。」

她將好幾種切成小塊的甜點裝在盤子裡拿給我。

熔岩巧克力蛋糕的切面流出如同血液的巧克力醬，被壓爛的蒙布朗肚破腸流，戚風蛋糕整塊炸開，彷彿中了北斗神拳……

奇、奇怪——？外觀可愛的甜點們怎麼變得有點獵奇？

註16　出自日本樂團 nobodyknows+ 的歌曲〈心情激動〉。

然而，我知道她是出於親切才幫忙分切的，她帶著那麼甜美的笑容遞出盤子，我哪可能開得了口抱怨。

「喔、喔……謝、謝謝……」

我一面道謝，一面勉為其難地收下。算了，又不會因為這樣變難吃。最好不要介意。有時候，這種貼心之舉反而會襯托食物的滋味。嗯，我好樂觀。

「來，這是小雪乃的份！」

「謝謝。那麼，這個也給妳。」

雪之下也把用叉子切塊的薩赫蛋糕放到由比濱的盤子上。那塊薩赫蛋糕形狀完好，切面也很漂亮。妳們用的真的是同樣的道具？

「……比企谷同學也喜歡吃甜食對吧。」

她吐出一小口氣，分了一些蛋糕到我的盤子。

「喔——謝啦。」

「不會。那麼，開動吧。」

雪之下端起壺裝紅茶，倒進自己和由比濱的杯子。以此為信號，我也拿起叉子。

我嚼著蛋糕，不時用咖啡重置味覺，品嘗各種味道。哦——這家店的東西挺美味的。

紅茶和甜點雪之下都很滿意的樣子，她叉了口蛋糕送入口中，默默點頭。

由比濱喜孜孜地凝視雪之下，接著突然翻開徵才雜誌。

「妳真的在找打工喔？」

以打發時間來說，她看得意外認真，我基於好奇開口詢問，由比濱用叉子抵住嘴巴，目光游移。

「那、那個……不是現在就要找啦，我想說以後搞不好有需要……十二月也快結束了……夏天我什麼事都沒做。」

「喔……」

怎麼？這孩子暑假沒錢所以沒什麼出去玩嗎？由比濱和三浦那群人關係不錯，既然如此，他們冬天應該有各種行程。例如滑雪、溜冰，還有……溫泉之類的？哎唷聽起來好棒。就該做這種動畫當特典。

以前千葉有 SSAWS 這家室內滑雪場，年輕人通通會到那裡玩，不過那是很久以前的事。若要追溯到上古時期，據說那塊土地有座巨大的迷宮……

總之現在的年輕千葉縣居民若想滑雪，必須出一趟遠門，花費不會少到哪去。

朋友多的人就得花錢出去玩，真辛苦……不對，即使只有一個人，想火力全開使勁全力玩到瘋掉的話也要花一堆錢。大家要想清楚，錢很重要的……

我感慨地心想，一直在吃蛋糕的雪之下，望向由比濱手邊的雜誌。

「有找到中意的打工嗎？」

「嗯——都還好……」

由比濱撐著頰嘆氣。

「盯著徵才雜誌看，也找不到工作吧。工作這種東西是要憑一雙腿去找的。」

「我覺得意思好像不太一樣……但光看文字情報，應該很難看出實際的情況。」

「嗯，最好實際去職場走過一遍。有些地方的忙碌度跟時薪不成比例。」

聽見我和雪之下的看法，由比濱帶著半是佩服半是尊敬的閃亮眼神看過來。

「……沒想到自閉男經驗這麼豐富耶？」

「呵，還好啦。我人間蒸發過很多次，經驗挺豐富的，對找打工的眼光有自信。」

「光是從職場逃離，就讓人覺得你一點眼光都沒有……你的眼睛到底長在哪裡？」

雪之下的嘆息聲中，參雜無奈與輕蔑。

沒禮貌。正因為曠職次數多才培養出我的好眼光，得出不工作這個結論。

人類會再三被書名、封面、決定動畫化這行字欺騙，踩到地雷，買到糞作，慢慢從這個過程中學習。

託那些糞作的福，現在我也是優秀的地雷判定員。爬到這個等級花了不少時間啊……

「不，我最近也開始明白找打工要注意的地方。」

我想起過去的打工經歷，語氣感慨。雪之下好像多少有點興趣了，輕輕應聲，催促我繼續說。

「第一個要注意的是那個，同事會不會在上班時間一直聊天。」

雪之下聽了，露出有點驚訝的表情。

「以你來說真是正常的意見。的確，不守規矩、士氣低落的職場，也容易發生問題。」

雪之下邊說邊點頭，這什麼觀點啊？原來妳有風紀委員屬性？

「嗯，士氣什麼的我不知道啦，不過確實有問題。」

由比濱面露疑惑。

「是嗎？我覺得店員感情好挺不錯的……」

「不，問題就在那裡。感情好終究只限於既存的人際關係。新加入的人一定很難融入……至少我絕對辦不到。」

我斬釘截鐵地斷言，對面的雪之下把杯子放到杯碟上，隔了好一段時間才抬起臉，帶著超帥氣的表情點頭。

「我也辦不到。」

「連小雪乃都回答得好堅定!?」

不愧是雪之下！

在人際關係方面，她偶爾會有比我更慘的瞬間！

或許是因為得到贊同的關係，我的記憶之門緩緩敞開，討厭的回憶接連冒出。

「而且那個好朋友集團超愛逼同事互相交流……沒拜託他們還自行舉辦歡迎會。」

我疲憊地說，由比濱噘起嘴巴，一副不同意的態度。

「咦──那很好呀。有種自在感。」

「我說，自在感跟究極的小圈圈是同義詞喔。通常都是把新人晾在一旁，永遠只有那些人玩得很爽。」

講到這裡，我停頓片刻，清了兩、三次喉嚨，像要慢慢解釋般跟她訴說：

「妳聽好，想像一下……在歡迎會上，自稱很搞笑的大學生前輩叫你『講點好笑的事來聽聽』有多痛苦。拒絕的話會被笑是無聊的人，冷場的話會被罵是超無聊的人，無論如何只有死路一條……隔天還得照常上班，跟地獄一樣。來吧，想像一下……」

我跟奧運開幕典禮上的約翰・藍儂一樣不停唸著想像（註17），由比濱的表情愈來愈憂鬱。

「嗚嗚，我好像也開始不想打工了……」

由比濱駝著背，散發沉重的氣息。嗯嗯。看來您明白，真是太好了。

雪之下拍拍她的肩膀鼓勵她。

「比企谷同學煽動他人不安情緒的方式，幾乎可以說是詐欺犯的常用手法，但我同意事前調查的重要性。」

雪之下點頭表示理解。哎呀，我認為您那個比起同意，只是邊緣人體質導致的共感……算了，反正我們想說的是同一件事。

聽了我和雪之下的建議，由比濱好像也有什麼想法，沉吟著動起腦袋。

「這樣呀——我去附近的熟店找找看好了……」

「勸妳不要。」

「咦——？為什麼？」

「平常常去的店，要是妳人間蒸發就再也不能去了。因為這個原因，我有很多家店禁止自己踏入。」

註17　二〇二一年東京奧運的開幕典禮上，播出了約翰藍儂的歌曲〈Imagine〉。

人間蒸發可以說是最爛的離職方式。

會給店家添麻煩自不用說，自己也會很傷腦筋。除了我剛才說的自己禁止入店外，必須拿去還的制服堆積成山，壓縮到壁櫥和衣櫃的空間，也是個大問題。最近每次開衣櫃的時候都是處於《吹響吧！制服》（註18）狀態。

人間蒸發，絕對不行。用貨到付款還制服，也絕對不行。至少要自己付運費！

當我提到這個時，雪之下用力按住太陽穴附近，深深嘆息。

「偶爾聽見你的私生活，會讓人頭痛……」

「啊、啊哈哈……我也覺得自閉男有時候超級自閉男的……」

被講得好慘。由比濱則是明明完全聽不懂她在講什麼，想表達的意思卻再清楚不過。我覺得比濱同學這種「別用想的！去感覺！」的風格，超級比濱同學的。

小雪乃也仍舊超級小雪乃。

雪之下垂下目光，輕咬下脣，哀傷地吐氣。

「講這種話我深感遺憾，但你果然不該工作……」

被放棄了……

我心想「得到承認和被人放棄，其實只有一線之隔呢」，由比濱把玩著手中的叉

註18 惡搞自《吹響吧！上低音號》。「上低音號」與「制服」日文音近。

子，對我投以譴責的目光。

「換成學校的工作，自閉男雖然會抱怨一堆，還是會認真做的說……」

「啊……」

由比濱一定是隨口說出來的，我卻無言以對，連自己都感到意外。

我反覆吐出只是用來填補沉默的氣，一面思考該說些什麼。

「……怎麼說呢，打工可以輕易辭掉，學校卻不能說不念就不念。該做的事還是得做。」

找到看似合理的理由，好不容易說出口。

其實，大概有其他理由。

可是我有種感覺，將其說出口，用言語定義它，是某種重大的錯誤。

我還找不到能精準表達那個理由及情緒的言詞，一旦賦予其意義，就會逐漸扭曲。

因此，我在不算說謊的範圍內回答自己能理解的理由。這答案挺有說服力的。

那麼，為──什麼由比濱同學要用不屑的眼神看我呢……

「……呃──我認為打工也不能說不來上班就不來上班。」

她擺擺手，語氣有點無奈。雪之下見狀，像在微笑般吁出一口氣。

「社團先不說，你可不是會想當同事的類型。」

「那個，這句話我想繫上緞帶奉還給您……」

不只繫緞帶，還用雙手捧著。

雪之下是個優秀的人才沒錯。做為在背後處理事務的人來說無可挑剔，有計畫性也有策劃能力。視情況而定還會發揮決策力。但她待人處世這方面真是笨到極致……

一起打工的話，她可能會用言語的利刃狂捅自以為是的領班（自由業。以後會升正職）。在那種地方打工肯定會胃痛。

我這句話蘊含各種意思，雪之下疑似有點生氣，頭往旁邊一轉。

「一起打工這個假設原本就不可能成立……校規禁止打工。」

「沒人會乖乖遵守這個規定吧。」

實際上，我也無視校規打工過，其他眾多學生八成也一樣。

就算校規禁止打工，又沒說被發現的話要受到什麼樣的懲罰，校方也不會特地調查。意即這已經成了不成文的規定。「只要不把問題視為問題，就不算問題」的典型案例。

「其他人不遵守校規，不構成自己也可以不用遵守的理由。」

雪之下毫不留情地說出正論。為什麼呢？是因為她在喝的紅茶是錫蘭嗎……（註19）

不過，正論這種東西本來並不是用來聽的。是用來說的。

因此我決定當沒聽見。如果不是在店內，我還會吹口哨咧。

出人意料的是，由比濱並未無視她的正論，而是一字不漏地聽進去。她吞下剩下的蛋糕，轉了圈叉子。

「啊，可是只要徵得學校的同意就行了吧？」

「……是沒錯。」

雪之下講話有點支支吾吾，大概是沒想到由比濱會直接回應。

「但是，不過，那個，呃……由比濱同學打工的理由不夠明確，很難拿這去跟學校申請。而且妳還有參加社團，身為指導老師的平塚老師不太可能同意……」

雪之下雙臂環胸，手抵著下巴列出各種原因，看似傷透了腦筋。

她的說詞及動作，使我恍然大悟。

由比濱似乎也發現了。看見雪之下這樣，她忍不住嘆氣。

註19「正論」與「錫蘭」日文同音。

然後抱緊雪之下。

「放心啦！小雪乃！社團是最重要的！我不會瞞著妳打工！」

「我沒有那個意思……」

雪之下在由比濱懷裡羞紅了臉，小聲嘀咕著。妳們感情真的很好……

然而，我多少能體會雪之下的心情。雖然嚴格來說，我和她的想法並不一樣。

我也不太希望由比濱去打工。換成雪之下亦然。

雪之下純粹是珍惜跟由比濱在一起的時間、於那間社辦度過的時間，所以才會對由比濱去打工一事持反對態度。

我的心情也差不多。

不過，其中有決定性的差異。

我大概是討厭自己不知道的事情增加。

我自己也覺得這是個壞習慣。竟然想什麼都知道，真的有夠噁心。

眼前的兩人相處融洽的模樣，比桌上的甜點更加甜美。

咖啡廳開著暖氣，舒適宜人。我坐在沙發上看著這一幕，忽然一陣睡意襲來。

我一口氣喝光已經冷掉的黑咖啡，做為些微的抵抗。

3 折本佳織悄聲詢問。

踏出店門時，太陽已然西斜。我們不小心待太久，咖啡廳從下午茶時間進入了晚餐時間。

天色昏暗，吹向大海的風變得更加寒冷。

我們慢慢走向車站，與趕著回家的行人擦身而過。由比濱轉頭呆呆看著那些人的背影，忽然開口。

「今年快結束了耶——」

走在旁邊的雪之下似乎想到了什麼，輕聲說道：

「對呀……差不多該把家裡打掃乾淨了。」

「啊，我今天可以幫忙！」

由比濱精力十足地舉起手，雪之下回以微笑。

「是嗎？那就麻煩妳了……社辦也得稍微整理一下。」

「確實……」

我不禁點頭。

聖誕節那些事害我們忙得不可開交，結果並沒有正式做大掃除。不僅如此，一色還塞了一堆東西堆在裡面。社辦現在可以說是最亂的狀態。

「那放完假第一件要做的事就是打掃囉。」

「嗯。」

由比濱幹勁十足地握拳，雪之下則和她成對比，神情自若，彷彿在講一件稀鬆平常的事。

仔細一想，我和由比濱從來沒打掃過社辦。恐怕平常都是雪之下在打掃。

不好意思一直麻煩妳，感謝感謝——我在內心膜拜她，不久後，我們來到離公園很近的十字路口。

左手邊是往車站，右手邊是通往雪之下家的路。雪之下指向右邊。

「我們走這邊。」

「喔，那我吃完飯再回去。拜啦。」

我回答，往跟雪之下她們相反的方向踏出一步。

接著，背後傳來「喂——」的吆喝聲。我回過頭，由比濱站在對面用力跟我揮手。

「自閉男！祝你有個好年——！」

「……嗯，明年見。」

我微微抬手，小聲回應。不好意思多說什麼，馬上轉身快步走向車站。

刺骨的寒風拂過臉頰。我因此覺得自己連耳朵都紅了，把圍巾圍得比平常更多圈。

× × ×

拉麵是裝在另一個胃。

這句話是我發明的，即使吃了那麼多甜食，晚餐的拉麵我還是吃得乾乾淨淨。

我正在公車站等公車回家。

從海濱幕張開到離我家最近的地方的班次不多，錯過一班就要等好一段時間。

不是不能走路回家，可是垂頭喪氣地走回家時，眼睜睜看著公車從旁邊「咻——（笑）」地離去，真的很哀傷。

在社畜大國日本，就算是年末，當然有很多人在這個時期還是要工作，因此夜晚的站前看得見許多疲憊的社畜。

這座公車站也一樣。

多虧前後方有幾個人在排隊，完美擋住了風。我呆站在原地，沒有冷得發抖。

這時，忽然聽見腳踏車的鈴聲。

雖說是站前，鈴聲在夜晚仍然清晰可聞。我板著臉心想「吵什麼吵啊」，鈴聲再度響起，還連續響了好幾次。

嘖，煩死了——我看過去想叫那人安靜點，面熟的人物在對我揮手。

「好好笑，你居然無視我。」

「……哪裡好笑。」

折本佳織騎著腳踏車，挪動踩在地上的腳慢慢往我這邊靠。她應該是下班了準備回家，在途中看到我便跟我打招呼。

「比企谷，你要回家嗎？」

「嗯。」

我簡短回答，折本輕拍腳踏車的置物架。

「要不要上車？」

「呃，上什麼車啊……那是腳踏車耶……而且好冷……」

她面不改色地歪過頭。

「騎腳踏車身體就會暖起來啦。」

那是以我來騎車為前提耶。妳這女人。竟敢臉不紅氣不喘講出這種話。

本想嘖她一聲，卻有人搶在我前面咂舌。

我提心吊膽地看過去。

疑似正好要回家的上班族（三十四歲・男性・單身）帶著「放什麼閃啊小心我殺了你喔臭小鬼……」的凶狠表情瞪著這邊。嗚咿……社畜好可怕……

受到這樣的威嚇，只得離開隊伍。繼續站在這邊聊天，可能會給其他人添麻煩……

我放棄掙扎，離開公車站，走到折本旁邊。折本拍拍戴著手套的手，從腳踏車上下來。

然後想把車子交給我騎。

「那就麻煩你囉——」

「不，我不雙載的。」

折本看起來非常不滿，發出「唔唔——」的聲音。

「咦……算了。那走吧——」

話才剛說完，她就推著腳踏車大步向前，根本沒聽我說話。頭也不回，擅自行動的模樣，彷彿毫不懷疑我會跟上去。

既然她擺出這種態度，我也只能乖乖跟上。

這傢伙真的好煩……

有種自稱大剌剌系的次文化渣女感……可是稍微被用那種大剌剌的態度對待感覺並不壞，不如說會不小心誤會喜歡上妳！拜託不要這樣會出人命的。

這種距離感很令人困擾耶。我邊想邊加快腳步，折本突然兩手一拍。

「啊，對了，你換手機號碼了對不對？」

「喔、喔——」

我不小心反射性給予聽不出是YES還是NO的模糊答案，硬要說的話是YES。YES。YES。

想清算過去的人際關係，首先要從手機號碼等數位方面著手。再說，我又不是第一次換手機號碼。我沒在用社群網站也沒在用通訊軟體，就算手機換了，也只有手機遊戲要繼承過去。

不過通常用不著我清算，對方就會主動跟我斷絕聯繫啦！

傳了「我換電子信箱囉」的郵件過去，會以「對人際關係的些微期待」為祭品，召喚出六星怪獸卡「Mailer Daemon 召喚」（註20）。那張卡真的太強了，應該要列為禁卡。

是說為啥要突然提到手機？我看著走在半步前面的折本微捲的頭髮，她應該不是察覺到我在看她，卻開始解釋：

「聖誕節過後啊，大家聊到想辦同學會，或者說想一起吃頓飯，我想說姑且跟你講一下，結果郵件傳不出去。」

「啊，是喔……呃，約我我也不會去。」

「我想也是──」

折本突然開啟這樣的話題，自己笑了一陣子就滿足了。

然而，回家路上，我和她並未一直交談。不時聊個兩、三句，除此之外的時間都是沉默。

註20　惡搞自《遊戲王》中的六星怪獸卡「惡魔召喚」。「Daemon」與「惡魔（Demon）」同音。

說是交談，我回的話大多只是「喔」、「是喔」、「對啊」、「真的」，總之稱不上正常的對話。

但折本好像並不介意，這種氣氛也和國中時期沒什麼差別。

經過橫跨公路的巨大陸橋時，折本突然回頭。

「話說回來，你在跟哪一個交往？」

像在調侃人的語氣，以及臉上的表情，都有種在看戲的感覺。以前被問過類似的問題，導致不耐煩的聲音脫口而出。

「我們沒在交往……」

「哦……」

我立刻回答，折本彷彿對我的答案失去興趣，繼續走向前。

只聽得見兩人份的腳步聲、腳踏車車輪的轉動聲，以及汽車迅速駛過下方的車道的聲音。

折本的輕聲細語。

再度參雜進其中。

「那，你喜歡的是哪一個？」

明明跟剛才類似，是出其不意的問題。

這次我卻無法立刻回答。

沒能馬上否認，只有呼吸卡在喉嚨深處。

若要說這個問題出其不意，我的沉默或許更加出人意料。

折本大概是覺得沒聽見我的回答很奇怪，疑惑地回頭。不過，她的表情轉為不久前也看過的，那抹愧疚的笑容。

「……好吧，隨便啦。」

我該如何回應這句話？

其實在那之前的問題，才是我必須回答的。

結果，我只給得出「喔」、「是喔」之類的回應。

Interlude

室內香氛淡淡的佛手柑香味中，混入熟悉的紅茶香。

踏進她家的次數，已經多到我懶得特地計算，應該說根本記不住。

因此，我的座位也自然而然固定下來。我坐到布沙發邊緣，最方便看電視的位置，抱住軟綿綿的靠墊。

「不好意思，家裡很亂。我大掃除到一半。」

「不會啦。」

我回頭望向在廚房泡紅茶的她，輕輕搖頭，叫她別放在心上。

真的完全沒必要放在心上，我也不介意……更進一步地說，一點都不亂呀……

我在搖頭的同時看了一圈……這真的是大掃除到一半的情況？……咦？有我幫得上忙的地方嗎？

我像婆婆一樣豎起手指滑過矮桌，沒有半點灰塵……

硬要說的話，只有書堆得有點亂。我不經意地瞄向堆積成山的書，裡面有《麥琪的禮物》、《聖誕頌歌》等看起來像小說的書，也有甜點食譜。大概是之前聖誕節活動要用的東西，她還沒整理完。

其中只有一本書上了鎖。

她會寫日記呀……真符合她的形象。

這時，她用托盤端著紅茶和點心走過來。

她輕輕將東西挪到旁邊，把馬克杯和盤子放到矮桌上。

應該是想在大掃除前休息一下……

「謝謝。」

我向她道謝，拿起馬克杯。

不是社辦裡那種正式的茶具組，而是有點居家的馬克杯。第一次來她家時，她用了超有氣勢的茶具組，說實話我挺不知所措的，可是來過幾次後，她開始慢慢放鬆下來，這樣我比較自在。

她點頭回應我，喝了口馬克杯裡的茶。

然後吁出一口氣，喃喃說道：

「……原來他們是同學。」

儘管沒有明言，我當下就明白她在指誰。

因為，我們兩個大概一直都很在意。

「啊，對呀。她不停找我們聊天，我有點嚇到……」

至今以來，偶爾會聽他提及國中時期的回憶。不過折本同學的態度跟我的印象比起來有些許差異，或許是因為這樣，我才會嚇到。

可能在折本同學眼中，他還是朋友。

他卻略顯退縮，略顯疏遠地跟人家保持距離，感覺真的是許久不見的同學。

所以，我嚇了一跳。

因為對他而言，以前的同學就是這樣的距離感。

思及此，心臟就像被掐住一樣，胸口隱隱作痛。

所以——

「……嗯，我好像有點嚇到。」

同一句話脫口而出，幾乎是自言自語。

她聽了也輕輕點頭。

「我也很驚訝。」

我有點意外她會這麼說，忍不住盯著她的臉看。總是冷靜沉著、成熟穩重的她老實說出感想，挺罕見的……

我如此心想，跟我目光相接的她托著下巴，語帶欽佩地說：

「因為主動和比企谷同學搭話的人很稀奇……」

「妳跟我驚訝的地方好像不太一樣……」

她輕笑出聲，露出淘氣的微笑，彷彿在說「開玩笑的」。然後，她低頭望向手邊的馬克杯，凝視水面。倒映在水面上的她，眼神已經失去笑意，看起來有幾分寂寞。

「……不過，還是有那種人呢，只是不常見而已。」

低下來的臉上帶著什麼樣的表情，我不得而知，但她的語氣比平常更加年幼，導致我有股想抱緊她的衝動。

然而，我還沒往她身旁移動，她就迅速抬頭，露出無奈的苦笑。

「怎麼說呢，真的很奇妙……一色同學也挺黏他的……」

「啊……嗯。不是啦，伊呂波有點特別……」

很難搞懂她心裡在想什麼……腦袋裡在想什麼倒是很好懂。所以，嗯，有點特別。

她按著太陽穴，像覺得不耐煩似地嘆了口氣，嘴角卻掛著一抹淺笑。

「比企谷同學也有點特別……」

「沒錯。真的。」

我不禁用力點頭。

說得太對了。有夠中肯。那兩個人都怪怪的，所以感覺得到他們好像挺合得來。

「有種氣味相投?的感覺。」

她輕輕撫摸嘴唇，陷入沉思。

「比起氣味相投，更接近同病相憐……不對，同病相輕？」

「那不是病吧……」

嘴上這麼說，其實我也沒什麼自信。他們兩個大概都算健康……或許有點有病，但那僅限於個性……吧。我沒什麼自信就是了。

她點頭贊同我說的話，然後又用力點了一次頭。

「那就是一丘之貉了……」

「貉？」

「指獾和狸。主要是指獾，視時代及地區而定，有各種說法。」

「哦……」

我點頭應聲，心想「獾是什麼啊……」。聽起來像熊（註21），可是她又說是

註21 獾的日文漢字寫成「穴熊」。

狸……

「講點題外話，狸貓真可愛。」

我直接將浮現腦海的想法說出來，她皺起眉頭，面色凝重。

「那麼拿狸貓來譬喻就不恰當了……一色同學是很可愛，他就，嗯……」

「妳支支吾吾得太誇張了！」

她彷彿在參加葬禮，默默垂下目光，靜靜搖頭，又猛然抬頭，露出非常溫柔的微笑，像要勸導小孩般接著說：

「別講這個了。在當事人不在場的時候說人壞話，實在不太好。對不對？」

「當事人在場也不行！小雪乃和自閉男都麻痺了，所以是沒關係啦！還有，我沒有說人壞話的意思喔!?」

如果可以說人壞話，我也有很多想說的啦！我將這句話收回心中。

可是，她完全沒有停下來的意思，拍了下手，好像又想到了什麼。她豎起手指，自信地露出得意洋洋的笑容。

「啊，那『共犯』如何？」

「把他們當成罪犯!?……可是，感覺有點貼切。」

我可以輕易想像出來，嘴上在抱怨，還是有點愉快地被耍得團團轉的他，以及

笑咪咪的她。

神奇的是，那個畫面並未營造出絲毫清爽感。異常負面的詞彙很適合那兩個人。

嗚嗚……在我呻吟之時，她撥開垂在肩上的烏黑長髮，挺起胸膛。

「對吧？」

看她那麼得意，我不禁失笑。

聊到他的時候，她總是活力十足，或者說淘氣，或者說開心，總之超級可愛。她本來就漂亮又可愛，但聊到他的時候是最可愛的。

雖然本人應該沒有自覺……我才剛這麼想，她果然毫無自覺，抱著胳膊，一副置身事外的樣子咕噥道：

「搞不好，他容易被有點奇怪的人喜歡上。」

「嗯，肯定沒錯。」

我下意識用力點頭。

因為，眼前就有個完全符合的人……我決定別講這句話。她聽了八成會鬧脾氣……

而且……而且，我大概也有點奇怪。

因為，竟然能這麼正常地談論關於他的話題，果然怪怪的。

我卻完全不反感。

不僅如此，能和她聊這些還有點高興，所以，我果然有點奇怪。

我和她和他，都好奇怪。

如果有詞彙能精準形容我們的關係就好了，但我現在還沒有頭緒，只能用奇怪形容。

不曉得這種奇怪的關係能維持到什麼時候。

可是，就像聖誕節會結束，就像今年會結束，就像高中生活會結束一樣，總有一天，必將迎來終點。

僅僅以同學的關係結束，讓它成為過去，光想就有點心痛。

所以，我要盡己所能。

對於會在某些方面放棄的我們來說，維持現狀肯定不夠，因此就算只有一點也好，要逐漸縮短距離。

好讓學校、社團、工作這種理由不復存在也沒關係。

嗯，好，就這麼決定。明年的目標決定了。要寫在日記上，避免忘記。雖然我總是半途而廢，明年開始我會加油。

為此，首先要——

「啊，對了。」

我拍拍她的肩膀，她疑惑地歪過頭，用那雙大眼溫柔地問我「怎麼了？」。

我稍微站起來，在沙發上滑動，和她靠在一起。

「新年參拜，妳有什麼打算？」

4 無論是以前還現在，折本佳織並沒有改變。

從黃昏到晚上，風向變成了逆風。

走過蓋在沿岸的公路上的陸橋後，我們仍未停下腳步。

——那，你喜歡的是哪一個？

從她提出那個問題後，我們之間就沒有任何對話，默默走在經過無數次的熟悉道路上。

她只用一句「隨便啦」結束這個話題，是因為真的沒興趣嗎？還是她的貼心之舉？或者也有可能是我被問到時的表情太難堪，她在憐憫我。

不管怎樣，我錯過了回答那個問題的時機。我和她恐怕再也不會聊到這個話題。

再說，不管提問者是誰，我都不覺得自己的答案會改變。之前從未有人問過我那個問題。

只有體內的怪物不時會輕聲詢問。人類說的話也就算了，怪物的聲音根本不值一聽。

反覆思考沒人問的問題，刻意將其付諸言語，真是嚴重的誤解，連稱之為自我感覺良好都嫌太好聽，這樣的自己噁心到了極點。

因此，我總是得不出答案。因為在問題不成立的狀態下得出的答案，肯定是錯的。

假設在其他場所其他時間被其他人詢問，我也講不出至今依然不存在的答案。想必只會用模稜兩可的話語，用不成聲的聲音，帶著不笑不怒的表情，吐出「喔」或「呃」那種無意義的聲音。

永久失去該回答的機會，該說出的答案一開始就不存在。

所以我閉上嘴巴，任憑冷風吹在僵硬的臉頰上。

即使如此，雙腳還是逃也似地走向該回去的地方。

腳踏車車輪的轉動聲，夾雜在風聲中自身旁傳來。

我斜眼看過去，對向車道的車子的車頭燈，正好照亮她的臉龐。

折本佳織被那道光照得瞇起眼睛，不耐煩地看著從旁駛過的汽車，彷彿要大聲咂舌。

我好像是第一次看見平常性格直爽的折本露出那種表情。

這人真的很直爽。直爽到會大喊著「嘿咻嘿咻」砍樹的地步。那是與作啦……（註22）

話雖如此，折本佳織真正的個性，我不可能知道。我和折本交情並不深。

只是國中同學罷了。

僅僅是若沒有在剛才巧遇，肯定一輩子都不會再見面的關係。

說不定在三年後的成年禮或十幾年後的同學會，我們會再見到面。然而，我參加那種活動的可能性微乎其微，所以果然不可能有那個機會吧。

就算碰巧在哪遇見，也不會像這樣並肩走在一起。

為什麼會發展成這種狀況？我不知道。

偶然、巧合、命運的惡作劇……

可是，不管命運的齒輪如何轉動，要不是因為對象是折本這種會隨便跟人拉近

註22 惡搞自日本演歌歌手北島三郎〈與作〉的歌詞「與作在砍樹　嘿咻嘿咻——　嘿咻嘿咻——」。

距離的大剌剌女孩，照理說不可能變成這樣。

因為國中同學看到我，通常不會跟我搭話！是說我好歹是曾經跟妳告白過的人，總會猶豫一下吧……這傢伙是怎樣？真的不正常……

我有點恐懼，緊盯著折本的側臉看。

折本好像發現我沒禮貌的視線了，推著腳踏車望向我，皺眉表現出不舒服的態度。

「幹麼？」

「啊，沒有，沒事……只是覺得不好意思，讓妳陪我用走的。」

不小心盯著她看的羞愧感，害我講出像藉口的理由，折本停下腳步，看看握在手中的握把又看看我，噗哧一聲笑出來。

「聽你講這種話好好笑。你的形象是這樣的嗎？」

她邊說邊掩住嘴角竊笑著。我也回以參雜憂傷的諂媚笑容。

如折本所說，聽起來在為人著想，其實是想掩飾羞愧的那句話，有點不符合我的形象。

我不認為折本足夠瞭解我的個性，但剛才那句話不太自然，果然會讓人覺得奇怪。

至少國中時期的我，不可能講那種話。

我大概不會做表面工夫，不會打圓場，不會去掩飾什麼，只會沉默不語。

當然只是因為想不到要說什麼才沉默，但我八成會在內心提出「沉默寡言的我好帥，吱吱喳喳的那群人好遜」之類的神祕理論。

不過舉辦腦內辯論大賽的習慣我至今仍未改掉，遇到突發狀況時，照樣講不出話來。

「還是騎腳踏車吧？」

折本打算將腳踏車交給我騎，彷彿要填補這陣沉默。

「不，我不要……」

「可是很冷耶？」

「這跟那有什麼關係……」

折本在胸前握緊拳頭，露出得意的笑容。

「就說了，騎車身體就會暖起來啦。」

「暖的只有我吧……幹麼？這是溫柔的表現嗎？」

然而，我的碎碎念在折本面前無論如何音量都會變小。

折本當然沒聽見，暫時停下車，吆喝著坐到置物架上。

然後拍拍坐墊表示準備完畢。

她伸直修長的雙腿，一隻手抓著握把，姿勢有點不穩。

我說，那個姿勢真的會害人很在意裙底，請妳別這麼做。會忍不住想看看底下有沒有寶可夢。

儘管稱不上意外，折本的腿肌肉緊實，從裙子底下伸出的美腿差點把注意力吸過去，我好不容易才移開視線。線條優美的小腿我也沒在看。這次不是騙人的。

不看置物架也不看坐墊的話，視線必然會落在握把上。

折本轉動龍頭，將握把交給我。

我杵在原地，看著握把。

過沒多久，吹在身上的風帶來一陣寒意，我終於做好覺悟。

哎。有部分也是因為讓她特地在寒冬陪我走這麼長一段夜路，我過意不去。

「那……」

我簡短說道，接過握把，騎上腳踏車。

發現腳底怪怪的。

坐墊好高……

剛才因為折本在推車的關係，我沒注意整輛腳踏車的外形，實際坐上去後發現，坐墊的位置比我平常騎的淑女車高一些，感覺好不安。

這孩子腿這麼長啊……她是有在當模特兒拍寫真照嗎？

我看了她一眼，稍微側身，跟我拉開距離的折本兩手一拍，似乎發現了什麼。

「啊——抱歉。我因為騎公路車的習慣，這輛車的坐墊也調高了。不好騎的話可以調低沒關係。」

「哦，公路車……」

什麼Road？她覺得平凡無奇的小事才是幸福嗎（註23）……可是坐墊這麼高，會不會通往出包王女之路啊？

雖然心有不安，我還是用力踩動踏板，開始騎車。

不是不想乖乖聽從折本的建議調低坐墊，但我可是男生！連這點高度都嫌高，萬一被笑「笑死，你腿好短」，我會有點受傷！

男人的矜持促使我愈騎愈快。

踩踏板的腳和握住握把的手都加重力道。感覺到些微氣息的背部，肌肉也繃得緊緊的。

註23 出自日本樂團「THE 虎舞竜」的歌曲〈ROAD〉。公路腳踏車（Road Bike）簡稱為「Road」。

背後傳來與緊張無緣的悠閒聲音。

「週末我常騎公路車出去，不過上學或打工的時候我怕被偷。」

我沒有問她，折本或許是從我剛才的咕噥聲大致猜出我在想什麼，輕描淡寫地接著說。

嗯，看來 Road 指的是公路自行車。

據我推測，假日她騎的不是平常用的淑女車，而是騎公路自行車兜風吧。

……啊——這傢伙感覺就會有那種興趣。

公路自行車加上單眼相機，就是大剌剌系次文化渣女的標準配備。兜風時的便當大概是果昔和燕麥……我的偏見好嚴重。是說燕麥真的好像鳥飼料。

話說回來，國中時我完全沒發現她有那種興趣。不對，如果有人問我對折本瞭解多少，我根本什麼都答不出來。

「……妳興趣真多。」

我轉頭往後面看了下。

折本沒有碰我的肩膀或背，似乎是靠抓著坐墊後面撐住身體。她的上半身微微傾向我看的方向，看著我的眼睛回答。

「對啊——我沒參加社團，時間挺多的。」

「所以妳才去打工嗎？」

我想起在剛才那家店——離海濱綜合高中很近的咖啡廳發生的事，重新面向前方，忙碌地踩著踏板。

「對對對。除了賺錢，我想認識其他學校的朋友。於是我就跑去各種地方晃囉。」

從折本的語氣隱約可以感受到想要享受高中生活的態度。

就是會有這種想擴展人脈的人……意氣風發的高中生想跟外校人士交流的慾望，真的不正常。

而且他們還會想跟外縣市的高中和大學生交流，不僅限於附近的高中，真的很恐怖。要說哪裡恐怖，就是很恐怖。

有些人會使用都內知名私立升學高中的書包或知名大學的捲捲包。那類型的道具好像常被視為比不知名品牌的包包更重要，對那些人而言，跟朋友的關係儼然是「名牌光環」吧。

從重視外表、有優越感、愛慕虛榮的這一點來看，和自我感覺良好，愛烙英文商業用語的人沒什麼兩樣。

跟玉繩那種人混在一起，果然會自然而然變得自我感覺良好嗎……他喜歡的詞彙就是「人脈」、「牽連」、「互相刺激」嘛……

我是這麼認為的，接下來那句話聽起來卻不怎麼高興，有點消沉。

「所以，我還想說能不能交個朋友……」

帶有一絲自嘲意味的聲音，沒有被迎面而來的風吹散，清楚傳入耳中。

我轉過頭，和折本對上目光。一直呆呆看著街景的她對我露出笑容，藉此藏住真正的心情。

「……她們好像不太喜歡我。」

她摸了下微捲的頭髮，以掩飾害羞。

用不著推測也知道她指的是誰。只要回想今天在咖啡廳的那一幕，馬上就能得出答案。

不停開啟話題，以親切的態度跟對方相處，努力試圖消弭彼此之間的隔閡，我認為折本的交友方式是正確的。

對她來說，朋友大概有更不一樣的意義，而非名牌光環。

再說，回顧往昔，她可是連國中時期的我都會主動搭話。若想沾朋友的光，絕對不可能來找我聊天。

……不，也有可能是企圖營造「我連對邊緣人都很溫柔」的形象，但至少看見剛才受傷的微笑，我實在講不出那種話。

「哎，是因為不熟吧。」

我將視線從哀傷的神情上移開，這麼告訴她。

如果我的社交能力再優秀一點，應該能輕易實現她這個「想要外校的朋友」的願望。總覺得有點愧疚。

或許是我的想法反映在語氣上了，折本溫柔地輕嘆一口氣，一副傻眼的樣子。

「是嗎──？」

她語帶調侃，身體忽然往前倒。然後像要說悄悄話似的，在我耳邊呢喃。

「我倒覺得原因搞不好出在你身上。」

拉近的距離，放在肩上的小手。

我不小心失去平衡，輪胎撞上路緣石。車身瞬間劇烈晃動。

折本小聲尖叫，摸著屁股附近凶狠地看過來。

「好痛……你在幹麼啊？笑死。」

「抱歉……呃，妳看起來一點都不覺得好笑……那個，對不起……」

她說的話跟像在瞪人的眼神相反，導致我反射性道歉。雖然剛才的意外百分之百是我錯啦。

誰叫我嚇到了……

雙方的臉瞬間靠得那麼近，對心臟是相當大的負擔。

重點在於，折本那句話對我的內心造成了負擔。

我重新調整好騎腳踏車的姿勢，用力踩動踏板，卻一直心不在焉，不停想像剛才那句話的含義。

跟剛才我回答不出來的問題類似，再怎麼嘗試，最後都得不出答案。

儘管如此，我仍然選了最有可能的答案說出口。

「原因比起在特定人士身上，純粹是因為玉繩害大家吃了一堆苦頭，導致她們對妳沒有太好的印象吧。」

「啊——有可能！當時的情況超混亂的——！」

那場聖誕節聯合活動，對我跟折本而言都記憶猶新。在我的人生歷程中屬於相當累人的事件，看來折本也有同樣的感受。

不過，俗話說好了傷疤忘了痛。

坐在置物架上的折本大概是在回憶當時，笑得超級開心。

那、那個，妳在後面晃腳拍我的背，我會有點失去平衡，很危險耶……

我提高戒心踩著踏板，以免像剛剛那樣撞到路緣石，過了一會兒，折本似乎笑夠了，滿意地吁出一口氣。

然後用意外開朗的語氣說：

「……可是習慣的話，會長挺有趣的，是個好人，就是有點那個啦——」

出、出現了——會在句尾加上「就是有點那個」的人——

在用轉折語氣的時候就可以確定對方絕對不是好人了啦……

既然要特地用轉折語氣，不如一開始就全盤否定。舉個例子，如果有人說「比企谷挺溫柔的，我很喜歡他，就是有點那個……沒辦法跟他相處」，會覺得很莫名其妙對吧？真的莫名其妙。

「欸，你家要騎哪條路？」

「鐵路沿線那條。」

我簡明扼要地回答這個突如其來的問題，折本用手指輕戳我的肩膀。光是這樣我的背就一陣酥麻，身體差點彈起來。

我勉強克制住，稍微回過頭，折本指向下一個路口。

「那你在那邊轉彎。」

她若無其事地說，指向鐵路沿線，通往我家的道路。

我還以為會被迫送她回家，忍不住歪過頭。

「可是妳家不在那邊吧。」

「咦？你怎麼知道我家在哪？好好笑。」

折本覺得好笑，但我完全笑不出來。天氣冷到不行，背上卻冷汗直流。

慘了——！我說錯話了對吧——！我拚命忍耐不要大喊出來，結結巴巴地試圖辯解。

「咦？喔，就聽人說的啊……這叫什麼，巧合？唉唷，總會有這種事吧……」

「啊——有？嗎？」

折本頭上不停冒出問號。糟糕，要是她繼續追問會非常不妙。

「有有有。別在意那種小事。」

她聽了仍在沉思，最後好像決定把疑問吞下去，咕噥道：「算了。」

讚啦——！不愧是走大剌剌路線的人——！只要對大剌剌系的女生說「這點小事」或「麻煩」，就能巧妙地扯開話題！大家也可以試試看喔！

我試著蒙混過去，然而一難接著一難，老實說充滿意外才是世間常情。

折本提出了意想不到的建議。

「我騎腳踏車很快就能回去了，我送你回家。」

「呃，不用啦……而且騎的人是我……」

「沒關係啦沒關係啦。」

折本邊說邊隨便地拍打我的背催促我。

騎腳踏車到我家這種事我可敬謝不敏，但剛才的對話成了束縛，導致我很難拒絕。

假如我直接送折本回家，很可能再度開啟「為什麼我知道折本家在哪裡」這個話題。

這樣我可能會因為觸犯跟騷法被警察帶走……

得在露出馬腳前回家！

「那我就不客氣了……」

我轉彎騎向通往鐵路沿線的道路。

……哎呀——真想殺掉以前的我——

冷靜一想，明明沒跟人家說過對方卻知道自己住在哪裡除了噁心還能用什麼形容……根本是犯罪，不能緩刑的那種……

男生為什麼總會忍不住去找喜歡的人住在哪？

國中生大多會算準社團活動結束的時間出門買東西，故意經過學校前面，運氣好就能送對方回家……沒錯！

小學生則是拿遛狗當藉口，在喜歡的人家附近走來走去，假裝偶遇！笑死！沒錯！

而且對方把你的邪念看得一清二楚，私下罵你噁心或跟蹤狂谷！沒錯！

……沒錯吧？有錯嗎？有錯啊——

×　×　×

過了路口，沿著路騎了一段時間，就抵達我家。

我將腳踏車停在門口，折本仔細觀察我家的外觀。

「哦——你家在這裡啊——」

「喔，嗯，如妳所見……」

我從腳踏車上下來，將握把交到折本手中。折本吆喝著跳下置物架，跨坐到坐墊上。裙子隨著俐落的動作掀起，哎呀，幸好這裡很暗。如果有亮光，我的眼睛會不小心跟著看……

實際上，天色已經夠暗。雖說過了冬至，還要很久以後白天的時間才會變長。

夜幕也開始低垂，我對折本使了個眼色，示意是時候解散了。然而，折本還坐在腳踏車上，沒有要離開的跡象。

不僅如此，她還維持騎車的姿勢轉過頭，看著我那輛停在門口的腳踏車。

「你是騎腳踏車上學對吧？從這裡騎到總武高中不會很累嗎？」

「習慣以後其實也還好。路上沒有紅綠燈，所以挺快的。」

我老實地回答這句隨口的閒聊。折本點頭表示理解。

「啊——因為有自行車道嘛。我週末也常騎那條路。」

不愧是當地居民，很瞭解這一帶的地理環境。

通往我就讀的總武高中的路線，沿著河川設有漫長的自行車道，不會有汽車在上面開，能夠安全又舒適地騎腳踏車移動。

往河川下游騎通往海邊，往上游騎則通往印旛沼，繼續騎下去應該會到佐倉市一帶。由於現在正流行，最近常看見騎公路車的人。

折本週末應該也會去那邊騎車吧。

思及此，她拍了下手。

「那你也買一輛公路車不就行了？」

「不買，那很貴……而且是妳跟我說會被偷的吧……誰敢騎去學校……」

「真的。」

她邊說邊掩住嘴角咯咯笑著，不曉得哪裡好笑。

晚上的住宅區寂靜無聲，她的輕笑聲不知為何令人打起精神。

這種隱密的氣氛，如同在畢業旅行晚上或於深夜的公園交談，託它的福，即使只是在聊一些平凡無奇的話題，還是會忍俊不禁。

升上高中過了一段時間的時候，我在我所居住的城市的各種地方，看過類似的畫面。

從黃昏到晚上，原本是同一所國中的高中生們穿著不同的制服，在便利商店或別人家門前，騎在腳踏車上隨口報告近況或回憶往昔。

偶爾會在四、五月看見那樣的情景。

從旁看來，有對新生活抱持滿心期待的人，也有無法順利融入其中，緬懷過去的人，儼然是一場小型同學會。

也許是回憶的加持和好奇心使然，有些人看起來只是單純的同學，而不是同一個小團體的成員或朋友。

他們八成在聊「介紹朋友給我認識啦～」或「之後來辦聯誼吧～」之類的廢話。搞什麼鬼，快給我滾回家。

那些應該就是所謂的新生活魔法，是因為處於剛升上高中的時期方能成立。

每當看到那樣的畫面，我都會使勁踩動踏板，騎另一條路回家。

不過，沒想到在遲到了將近兩年後，那種狀況也會發生在我身上。

之後其他同學會不會一個接一個冒出來？我有點害怕。折本是因為她社交能力優秀，就算對象是我也會主動搭話，其他人可不一樣。

我一點都不介意他們不找我說話，但有時會有格外貼心，特地問我「最近過得如何？」的善良人士。

這樣就糟了！

就算人家主動開啟話題，我一定無法好好回應，現場被沉默支配，世上的微笑消失殆盡，鳥兒忘記歌唱，黑暗降臨……好吧，我說得太誇張了。

簡單地說，不對，正確地說，據我推測。

之後的發展會是那個願意找我聊天的人被罵「幹麼跟那傢伙搭話啊……會把氣氛搞得很僵耶？」。

光想就覺得心痛！

既然如此，還是當個地藏最安全。別說供品了，搞不好會因為太像地藏而收到斗笠。

我想像著討厭的情境，跟折本吱吱喳喳聊了二三四五句。

然後感覺到有人在遠遠看著這裡。

是國中同學嗎？我戰戰兢兢地轉頭。對方也膽顫心驚地接近。

每走一步，頭頂那撮頭髮就隨之晃動。我不可能認錯那根獨具特色的頭髮，是我的妹妹。

「……是小町啊。」

我小聲呼喚，對方也做出反應，晃著呆毛走過來。

「啊，什麼嘛，果然是哥哥……」

街燈照亮我們的身影，小町把手放在平坦的胸部上，鬆了口氣。嗯，這個胸部無疑是小町。好噁心的辨別方式。

看到小町，折本驚呼出聲。

「喔喔！是你妹……對吧？」

她大概是沒什麼自信，回頭望向我。

「對啊……」

「我就知道，超眼熟的。是說你們兩個一點都不像，好好笑。」

要妳管……這傢伙笑屁啊……算了，小町跟我不像，長得很可愛值得高興，我就不跟她計較囉！

小町站到我旁邊，如同一名上班族不停鞠躬。

「啊，妳好妳好，哥哥一直以來受妳關照了！」

「不會——我才要這麼說——」

折本也隨口回應。

小町雖然笑咪咪的，卻沒有要開啟話題的意思，始終黏在我旁邊。

我感到疑惑。

若是平常，即使對象是年紀比自己大的女性，小町也會大膽地跟人家天南地北亂聊，今天卻很安分。

還以為她不怕生，難道並非如此嗎……還是說不想把哥哥讓給其他女生，才不肯從我身邊離開……喂喂喂，如果是後者那妳挺行的嘛，妹妹啊。小町覺得分數挺高的！

折本對小町來說是國中的學姊，但她們似乎沒有見過面。也是啦，除非同社團，不然應該沒什麼機會接觸。多少有點距離感和隔閡，仔細想想還滿正常的。見過幾次面的認識的人的妹妹，以及哥哥認識的人，單憑這種微妙的關係，怎麼可能聊得起來。

拿從小町後面走來的男國中生當例子就很好懂。

「哥哥，晚安！」

輕快活潑、精力十足的聲音，在夜晚的住宅區顯得極為突兀。街燈照亮的是一頭帶藍色的黑色短髮。五官與姊姊有幾分相似，長得還算好看。沒錯，是川什麼的同學的弟弟。

這名少年是我妹認識的人兼我認識的人的弟弟，我和他根本沒什麼好聊的。考慮到這一點，小町對折本有點疏遠也是無可奈何。

「不准叫我哥哥。你誰啊。」

「瞭解！哥哥！我是川崎大志！」

大志擺出勝利姿勢回答。你那個「我是中畑清（註24）狀態絕佳」的姿勢是怎樣……還有你根本沒把我的話聽進去吧……不准叫我哥哥……才講一句話就快累死了。

旁邊的折本看見我和大志的互動，愉悅地笑著悄聲詢問小町。

「男朋友？」

「不是啦，是朋友。」

小町仍然面帶微笑，十分冷靜地用平穩的語氣回答，眼角餘光瞥見大志垂下肩膀。

註24　前日本職棒選手，在接受記者訪問時經常回答「我狀態絕佳」。

兩組聊不起來的人湊在一起，就是葫蘆囉！四人不經意地輪流面面相覷，陷入沉默。沒有人說話，進入「所以等等要幹麼？」般的互看臉色狀態。

折本踩到踏板上，以解除這個狀態。

「那我差不多該回去囉——」

這大剌剌的模樣過於自然，害我反應慢了半拍。雖然乍看之下看不出來，折本那若無其事的態度，應該是她為無法打破僵局的我們所做的貼心之舉。

「喔、喔。啊——謝啦。」

由於走到一半變成我在騎車的關係，我都忘記了，我基本上是讓折本送回家的。

我在各種意義上向她道謝，折本起初露出聽不懂我在謝什麼的表情，接著大概是逐漸有頭緒了，露出爽朗的笑容。

「啊——不用客氣啦。喔，對了，我真的可以幫你介紹打工。」

「不需要……」

「啊哈哈，拜拜。」

「嗯，路上小心。」

她在最後補上一句多餘的話，用力揮手，颯爽地踩動踏板。小町低頭致意，我也微微抬手，目送她離開。

等她騎到街燈照不到的地方，我面向小町。好了，我們也進家門吧。

才剛這麼想，一名少年咕噥著「好酷喔」，用閃閃發光的雙眼看著我。

「哥哥，剛才那位是女朋友嗎？」

「你誰啊竟敢突然冒出來亂講話。」

「我一直都在！我是川崎大志！」

悲痛的吶喊，響徹夜晚的住宅區。

這傢伙搞屁啊鄰居會抗議的。所以他到底是誰？

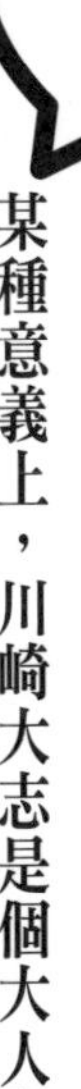

5 某種意義上，川崎大志是個大人物。

川崎大志。

川什麼的同學——我的同班同學川崎沙希的弟弟。

順便說明一下，他和小町同年，跟她同一間補習班。

不過，從「跟她同一間補習班」這個說法也可以知道，他們不是同一所國中。用學區來說的話，在隔壁學區。

當然，由於都在走得到補習班的範圍內，川崎家離我家應該滿近的，可是若以補習班為起點，我家跟他們家是反方向。

無論川崎大志要經由哪條路回家，刻意繞到比企谷家都只是繞遠路，一般情況下，大志不會出現在這裡。

然而，不管是方向相反還是距離遙遠，都只是小問題。

川崎大志在這裡一點都不奇怪。

因為國中男生就是會跟在喜歡的人後面，忍不住去找對方住在哪裡！資料來源是我。

國中男生真的好噁好想扁以前的我——我邊想邊望向大志，他不知道在跟小町聊什麼。

可是，看小町並不覺得噁心，他似乎是在小町的允許下跟到這邊的。

我抓準兩人中斷對話的時機，跟小町說話。

「怎麼？你們一起回來的？」

「嗯，自習時間結束後，就一起回來了。」

原來如此……

應該是特地等小町回來的吧。

時間都那麼晚了，他還是努力地等待。真了不起。連 Aming（註25）都不會等那麼久……不對，Aming 會等的。

註25　日本歌手岡村孝子和加藤晴子組成的團體，首張專輯為《我等你》。

我在為能埋伏那麼久的大志那堪比Yuming（註26）的毅力佩服時，也覺得有點恐懼。

這時，小町拉扯我的袖子。

「大志說有事想問哥哥。」

「哦……」

原來不只是因為有非分之想才等小町。

我望向大志，想看看他到底有什麼事。

大志裝模作樣地清了下嗓子，正經八百地看著我。

「哥哥，方便請教一下嗎？」

「不行。不准叫我哥哥。再說你誰啊。」

「不，我不會退讓的。我是川崎大志。」

他邊說邊往我的方向踏出一步。咦，討厭，你這麼積極地接近人家，人家沒辦法拒絕啦……

現在可不是感受少女漫畫女主角心情的時候。

被大志直盯著看，我不知為何移開目光。若這裡是野生動物的世界，我已經輸

註26 日本歌手松任谷由實，作品有〈埋伏〉一曲。

了。

「……你要問什麼？」

我勉為其難地詢問，大志誇張地垂下肩膀。

「是關於大考的問題……不是要面試嗎？」

「啊——確實有那種東西。」

經他這麼一說，我翻出自己的記憶，記得我考高中時，第一天是筆試，第二天是團體面試。

懷念的心情使我不禁感慨起來，接著猛然驚覺。

「小町，妳面試沒問題嗎？」

「嗯，小町明明不抱期望，結果成功拿到推薦名額的時候，做過好幾次模擬面試。」

「喔，模擬面試啊。」

不愧是升學補習班。推薦入學的對策似乎也做得很確實。雖然小町最後被刷掉了……

根本上的原因在於在校成績不足，所以這也沒辦法。

比企谷家的最終溝通兵器，不可能在區區一般入學的面試失敗。只要筆試成績好就有希望，應該……哥哥相信妳！

我考高中的時候是一般入學，只想著靠筆試一次定勝負，第二天的面試好像隨便應付過去了。

考完筆試後我自己對過答案，結果穩到不行，贏定了！呼哈哈！也許我面試的勝因就在於處於從容不迫的放鬆狀態。

不過，由於我腦袋空空地接受面試，面試官問了什麼，我忘得一乾二淨。

帶著這種輕鬆的心情面試，也不會有什麼問題，可是對煩惱的考生而言，連這點小事似乎都會擔心得不得了。

「我沒參加過面試，真的好不安喔——」

大志憂鬱地說。

然而，我認為那只是杞人憂天。

推薦入學的話，面試過程的確多少會影響結果，一般入學的面試則只是篩選型面試，除非有什麼意外，否則都會更重視筆試結果。這是我個人的看法。

老實說，不管考生在面試時給面試官留下多好的印象，筆試分數不夠就註定考不上。那就是高中入學考。

我仔細地告訴他這件事。

「一般入學的面試不會問什麼大不了的問題啦。去問你姊不就得了……」

「你在說什麼呢，我姊怎麼可能擅長面試！」

大志一副瞧不起姊姊的模樣，哈哈大笑。

你會被揍喔……好啦，我很贊同啦？川崎感覺就超不擅長面試。

川崎乍看之下有點像太妹，所以會讓人懷疑她懂不懂禮貌，其實她只是外表有點嚇人，不擅言詞罷了，骨子裡是個普通的好孩子。

是說，太妹和不良少年其實很有禮貌很了不起，這種話是誰說的啊？那句話只是在講他們對自己在團體內的地位很敏感，跟稱讚對願意餵食自己的人類搖尾巴的蠢狗「好了不起喔——好可愛喔——」沒什麼兩樣。

怎麼想都是認真過活的我更有禮貌更了不起，夜、露、死、苦（請多指教）！

再說提出那種神祕理論的人，是在看不起小混混的大本營千葉和千葉的小混混吧。那些人只是隨手就會犯點小罪的垃圾集團好嗎？我國中的時候，在千葉的繁華街被勒索五百日圓，這仇我記到現在……

「唉，因為姊姊那個樣子，我只能來問哥哥了！」

「哦……」

大志看起來像在嘲笑姊姊，不過這傢伙的姊姊是個重度弟控，弟弟大志之前也因為擔心姊姊，跑來委託侍奉社。據我推測，他應該是不希望姊姊看見自己不安的模樣，又想找人商量。

嗯，這樣想就覺得可以認真陪他商量一下。

我才剛這麼覺得，大志又在那邊清喉嚨。

「可能會講得有點久。是不是找個地方坐下來比較好？」

他邊說邊不停不停不停不停不停往我家的門口瞄。

……這傢伙，莫非是在暗示想進我們家？不過很可惜！我不會讓來歷不明的男人踏進小町的生活空間！

「嗯，是啦……」

我邊說邊靠到大門上，擋住大志的視線。即使如此，大志仍然好奇地盯著比企谷家。

死都不肯讓他踏進家門的我。

看著門口，很想進來的大志。

雙方的視線交錯，小町微笑著開口：

「家裡現在很亂，要去的話小町覺得站前的摩斯比較好。小町不會去就是了。好冷喔。」

大志聽了臉頰抽搐。

「啊，啊——對啊——好冷喔——」

他發出「啊哈哈」的乾笑聲。嗯——那種笑咪咪地捅人一刀的感覺，我妹真恐怖……我開始同情大志了。

然而，身為哥哥，怎麼能不趁機補刀。

「既然這麼冷，要不要改天再說？」

「不，仔細一想好像也還好！所以哥哥，拜託你了！」

大志摩擦鼻子，咧嘴一笑。唷，小子，挺有骨氣的嘛……因為要是你喊冷，就不得不回去。即使夜風多少有點冷，還是會想逞強的男人心，我不是不能理解。

看在你男子氣概的份上，今天我就收起小町之兄的招牌，老實聽你說話吧。

「如果你不介意只能簡單談談，是可以。總之就那樣對吧，幫你辦個模擬面試，給點建議就行了吧。」

「是的，麻煩你了！」

大志的回答很有精神。嗯，我覺得你光是這麼有精神，就能輕鬆通過一般入學的面試……

好吧，算了。既然他請我給建議，認真看待才符合禮儀。我整理好服裝儀容，擺出嚴肅的表情，瞪著大志。

「那麼，先談談你的報考動機。」

大概是從我的眼神感覺到誠意了，大志略顯緊張地嚥下一口唾液，慢慢開始回答。

「好的。由於家姊就讀於貴校，貴校對我來說關係較為密切，再加上文武兼備的校風，以及從姊姊口中得知的學校氣氛感覺很適合我，因此才來報考貴校。」

或許是因為他慎重又仔細地講出一字一句，大志沒有結巴，侃侃而談。

我點點頭，微笑著給出以面試官來說極其正常的回答。

「講得很順嘛——練習過很多次了？」

這句話迸出口中的瞬間，一陣寒風吹過。

大志張大嘴巴，啞口無言。小町則在我旁邊緩緩搖頭，表示「怎麼可以講這種話」。

「呃、呃啊——哥哥，你這人真的爛透了……」

「不是。不是我人爛。真的有面試官會講這種話。」

真的有。我沒騙人。我在應徵打工時遇過這樣的壓力面試，被錄用後馬上因為心靈受創的關係而人間蒸發。

可是，大志並不氣餒。

「請、請再讓我試一次！」

他用力低頭拜託我。呃，這麼隨便的模擬面試，你幹麼認真起來……我一瞬間有點害怕，但在這種時候退縮，枉為男人啊。

男人拋棄自尊向我低頭。

那麼我也該認真回應，向他施加更多的壓力！

「是可以……那來吧……那麼，請告訴我你的報考動機。」

我再次詢問，大志做了個深呼吸。

「好的……我未來有考慮繼續升學，因此我看了貴校的招生簡章，向就讀於貴校的姊姊打聽過，經過思考，我認為貴校的課程最適合我成長，便來報考貴校。」

東一句貴校西一句貴校煩死了，怎樣？你是自尊心高的貴族系女主角嗎？之後是不是會說「咕，殺了我！」？儘管心裡在這麼想，我還是閉上眼睛，專心聆聽大志所說的每一個字。

最後，吐氣聲傳入耳中。我得知大志把該講的都講完了。

我緩緩睜開眼，凝視大志。和我對上目光的瞬間，大志嚇得肩膀一顫。

我笑了笑，好讓他放心。看我慢慢抱著胳膊點頭，大志鬆了口氣。

我抓準這一刻，故作誇張地歪過頭。

「嗯——你剛才提到想要成長，可是啊——那是該在職場做的事嗎——？我們沒義務栽培你吧？」

我用令人煩躁的視線將他從頭到腳掃過一遍，開口說道。在這陣沉默中，寒風再度吹過。

過了好幾秒，大志終於解除僵硬狀態，提心吊膽地說：

「那、那個，這裡不是職場……」

「學校！哥哥，是學校啦！有義務栽培啦！」

小町也在我眼前拚命揮手，確認我的腦袋正不正常，否定我的行為。

被他們說成這樣，就算是我也會想重新審視自己的發言。我講了什麼奇怪的話嗎……我試著回憶，發現整個面試過程都很奇怪呢！

「這樣啊……拿應徵打工的面試經驗當參考，果然不太適合嗎……」

「哥哥，你應徵過什麼樣的工作……」

總之，我為了這場假模擬面試特地將那種機車面試官的記憶翻出來，是有原因的。

「事先知道最慘烈的情況，心情多少會輕鬆點吧？」

我做出帥氣的表情說道，小町直接回我一張臭臉。

「不不不這不叫慘烈叫惡劣吧。小町有點明白哥哥不想工作的理由。竟然能理解那種原因，真的太慘了。」

小町擺出打從心底厭惡的態度。嗯、嗯……小町妹妹？照妳那個說法，聽起來像在說「不小心理解哥哥的心情了太慘了」喔？還是說妳就是那個意思──？就是那個意思吧……

小町妹妹是不是真的討厭我啊……我懷疑地看過去，眼角餘光瞥見大志在碎碎念。

「總覺得更沒自信了……」

他神情憂鬱，肩膀也垂了下來，或許是剛才的模擬面試害他十分不安。

「沒問題的吧。大考的面試官基本上都很溫柔。」

我有點擔心會不會嚇他嚇得太過頭，造成反效果，便這麼告訴他，大志立刻抬頭。

「是、是嗎？」

他的表情儼然是尋求救贖之人。我的個性還沒差到會在這裡落井下石，將他推落谷底。大志雖然擁有「接近小町的蒼蠅」這個扣分要素，以本人的性格來看，他屬於好孩子那一類，更重要的是還有「姊姊很可怕」這個加分要素。那是加分要素嗎？呃，嗯，妹妹很可愛倒是加分要素啦。

因此，經過各種考量，我決定鼓勵大志。因為這傢伙的姊姊很可怕……要是他跑去告狀，說我威脅他怎麼辦！

「嗯，在入學考進行壓力面試，家長會投訴。所以面試的老師都很溫柔。」

「理由真辛酸……」

小町用彷彿在感慨世事無常的語氣低聲說道。這個社會就是如此。嗚嗚嗚……客訴好可怕……有工作的人都明白。當然，我一直在注意不要惹這種麻煩上身。

「總之，提高音量，流暢地把要說的話說出來就對了，光這樣就會過。」

我清了下喉嚨，重新營造出嚴肅的氣氛，面向大志說道。他半信半疑地看著我。

「真的假的。這麼簡單沒問題嗎？」

「沒問題。通過面試的訣竅是大得莫名其妙的聲音，以及跟面試官表示可以排很多班。」

「不是，高中排什麼班啊……」

小町傻眼地說。

噢，糟糕。以前當「打工戰士人間蒸發」的習慣又冒出來了……

跟各位說明一下！「打工戰士人間蒸發」是面試時隨口說了「我可以排很多班」這種大話，等到工作上手，成為職場上的戰力時，老闆一副要他說話算話的樣子幫他排了一堆班，導致他撐不下去，直接人間蒸發，過幾天看到薪水還是有匯進來，為此感到放心的存在！這段說明全是廢話。

我心想「我還是老樣子，只會教人這種沒什麼用的知識」，反省了一下，出乎意料的是，對大志好像有效果。

「不過，我心情輕鬆多了！」

這就叫單純，或者老實吧。大志態度變得這麼快，害我不知不覺露出苦笑。溫柔的話語也跟著脫口而出。這種特別服務我不常提供的喔！

「別太緊張，放輕鬆。那場面試的目的不是刷掉人，只是單純的確認。」

一般入學的面試，問題和回答都是固定的。

面試官問到報考動機，就回答校風很適合自己；面試官問到覺得自己是什麼樣的人，回答潤滑劑般的人即可。

話說回來，太多正在求職的學生自稱潤滑劑了吧。他們最好要注意到，企業找的是齒輪才對。只顧著加油，工作要如何運作？像我爸那種齒輪社畜，才是讓公司運作的力量。社畜萬歲。

事先想好的話語及回答，大部分都不是出於真心，全是徹頭徹尾的謊言，這個道理也適用於面試以外的場合。

那種東西不可能有辦法計算人類的價值，面試人的那一方應該也明白。

所以，比起精雕細琢的言詞，更要注意的是對方的態度及講話方式。

從這一點來看，「用宏亮的聲音侃侃而談」這個行為，與言語交流類似，實際上或許可以稱之為非言語交流。

有一種說法是，言語在人類的交流中占了三成左右。剩下七成是靠非言語交流方能成立。

假設面試的滿分是一百分，畏首畏尾地用細不可聞的聲音講出最完美的回答，也只能得到三十分……不是喔？我數學不太好耶！

總之，川崎大志這名活潑開朗又率直的少年，無須為面試擔心。

可是，有一點令人在意。

我清了下嗓子，指向大志。

「只不過，你講話的語氣要改一下。給我用正式的敬語。」

「安啦！我只有對哥哥講話的時候會這樣！」

大志握拳對我露出笑容……咦？難道我沒有受到尊敬？他沒把我放在眼裡對

吧……

有種白花時間鼓勵他、給他建議的感覺，因此我甩手趕走他。

「那差不多就這樣。回去。快回去。」

「好的！感謝！」

然而，大志並未將我的態度放在心上，用力低頭鞠躬。嗯，好吧，看來他懂得好好道謝，剛才的事我就當沒發生過了……我真好搞定。八幡弟弟真是的，怎麼這麼好搞定啦。

這時，大志抬頭豎起一根手指，壓低音量問我：

「可、可以再問一個問題嗎？我有件事想請教……」

「還有問題啊……」

這傢伙是右京先生（註27）嗎……趁人以為終於問完，放鬆戒心時提出直指核心的問題，我不會上當的。

「我們學校的事去問你姊啦。」

我語氣不耐，大志帶著遠比剛才嚴肅的表情，支支吾吾地說。

「這種事，不能問姊姊啦……」

註27 指日劇《相棒》中的杉下右京，口頭禪之一是「方便請教一個問題嗎？」。

好不容易擠出來的聲音中，聽得出懊惱的情緒，營造出一種他想問的問題事關緊要的氛圍。

不曉得是敏銳地察覺到這個氣氛，還是不想被捲入麻煩之中，小町點了下頭。

「那小町會冷，先回去了！謝謝大志送小町回家！……哥哥，要認真陪他商量。這是小町的請求喔？」

她立刻握住門把。迅速開鎖，鑽進屋內。

「大志，加油！」

她從門後探出頭，輕輕揮手。那燦爛的微笑及裝可愛的動作，使我覺得我妹可愛得無法無天，同時也覺得我妹極度可疑。她果然是嫌麻煩才逃掉的吧……

在我心想之時，有位可悲的男生被騙到了。

「比企谷同學好溫柔……」

小町消失不見，只剩緊閉的門扉。

大志卻陶醉地一直凝視它。

不不不，那不是溫柔，是懶得陪我們玩，把剩下的事全丟給我處理。

我妹也真是的……

× × ×

我一步步走在寒冬的夜空下。

小町跑進家裡後，我其實也不必勉強陪大志，但他都那麼嚴肅地找我商量了，總不能丟下一句「那拜啦」就閃人。

長時間站在家門前講話，會招來鄰居的白眼。話雖如此，跟國中男生一起窩在某家店裡也有點莫名其妙。

於是，我打算去便利商店的時候順便送川崎大志一程，在路上傾聽他的煩惱。清澈的星空與等間隔的街燈。擦身而過的汽車的車頭燈，以及從住宅區透出的各戶人家的燈光。

我和大志悠哉地走在以這個時間來說意外明亮的街道上。

不久後，看見一家便利商店。

大致位於比企谷家和川崎家中間。雖然我不知道川崎家正確的位置。

我走進那家便利商店，隨便挑了兩罐罐裝咖啡，馬上走出店門。

「拿去。」

我將其中一罐扔給在外面等我出來的大志。大志像在丟沙包一樣，在空中把它拋來拋去，最後驚險地接住。接得好。

「啊，多少錢？」

他把手伸進口袋，想拿出錢包。我擺擺手回答：

「這點小錢不用啦。」

「真的嗎？謝謝。」

大志再次老實地低頭道謝，喜孜孜地打開罐裝咖啡。我也跟著拉開拉環。

我們同時蹲在便利商店的停車場角落。

我握緊如今漲到一枚一百元硬幣買不起的溫度——熱呼呼的罐裝咖啡，小口喝著，溫暖身體。

喝著喝著，話匣子似乎也稍微打開了，大志吐出一口白霧，緩緩開口。

「關於剛才我要問的事……」

不曉得他要問什麼。我瞥向旁邊，大志正經八百地問：

「哥哥，升上高中怎樣才會受歡迎？」

聽見這句話的瞬間，我不小心嗆到了。咖啡好像跑進了氣管，我不停咳嗽，大志拍著我的背關心我。

在旁人眼中可能會覺得我們在進行類似「抱歉，一直給你添麻煩」、「說好不提這個的，爸爸」（註28）的對話，我的心情卻沒那麼平靜。

好不容易咳完，我瞪了大智一眼。

「我怎麼知道。我又不受歡迎。」

「騙人！絕對是騙人的！今天你也跟女生在一起！」

大志馬上滿臉通紅，激動地反駁。看來他是在指折本。

「我們只是在回家路上巧遇而已。怎麼？對你來說待在一起就是喜歡你嗎？」

照這個論點，我們現在在一起等於互相喜歡，「腐腐腐！」的腐臭笑聲和海老海老的氣氛都傳來囉海老？

我畏懼著並不在場的海老名的影子，大志面色凝重地陷入沉思。

「……並不。」

然後用相當冷靜的語氣回答。

嗯，沒錯。男生就是像這樣逐漸長大的……可能是因為自己已經走過這條路，我從容不迫地回答大志。

「對吧？再說，如果僅僅是待在一起就叫交往，我得把跟小町在一起的人通通殺光。」

註28　一九六〇年代的日本綜藝節目《肥皂泡假日》中的經典片段。

我握緊手中的罐裝咖啡，結果好像比想像中還用力，鐵罐微微凹陷。大志看見嚇了一跳。

「哥哥，你好恐怖！」

上一秒才聊到那個話題，還敢叫我哥哥，這傢伙真有種……我對他的看法超越傻眼，有點尊敬。不過剛才他臉不紅氣不喘地提出「怎麼樣才會受歡迎」這個問題，也是挺大膽的。

可是，在備考期間，大考迫在眉睫的這個時期問那種問題，是有點不恰當。若他是想逃避現實才一直在想那種事，那可不太行。

這我很熟。太忙心太累的時候，會突然說「唉，好想當偶像……」、「我以後要當職棒選手」！討厭，要是大志弟弟變成那樣怎麼辦，好擔心！我會被他姊揍死！

「對了，你幹麼問那種問題？」

因此，我決定問問看。

不過我的擔憂不僅是杞人憂天，還八竿子打不著邊。大志一臉疑惑，然後沉吟著思考了一下。

「唉唷——該怎麼說，這叫動力嗎？如果知道高中有好玩的事，不是會比較有幹勁？」

唔，經他這麼一說，也不是沒道理。但過渡期待往往跟負債一樣，很可能壓垮自己。

應該要故意破壞他的夢想！這也是一種溫柔！

「入學前想像的情境，沒半個會實現。」

大志聽了微微噘嘴，驚訝地看著我。

「……是喔？」

「嗯，跟想像差了十萬八千里。」

我邊說邊發現自己的語氣蘊含些許的真實情緒。

然而，講出去的話再也收不回來，不僅如此，還伴隨更加真實的情緒從口中迸出。

「……實際情況跟想像不同，也完全沒關係就是了。」

說出這句話之後，片刻的沉默降臨。

於對面車道行駛的汽車聲，以及傳出店外的便利商店的音樂，顯得格外大聲。

不久後，我聽見滿足的嘆息。

「我好像提起幹勁了。」

「啥？為什麼？」

大志站起身，拍拍蓋在屁股附近的外套，轉頭面向我。

「沒啦，就是有那種感覺。」

他背好背包，調整外套的衣領。

「那等我上高中，會立刻去找你商量剛才那件事！到時再麻煩你了！」

他還是老樣子，老實地鞠躬道謝。我不由得苦笑。

明年，四月，新生，新學期，新學年。

這些詞彙所指的，是明顯與現在不同的狀態。

全都只是短短三、四個月內會發生的事，其中卻有著微幅的時間經過及明確的變化，遲早將迎來空虛的終結。

「……有的話。」

「有什麼？」

我順口說出這句話，大志一臉疑惑地回問。經過短暫的思考，我流暢地說出事先想好的另一個答案。

「你姊的許可。」

大志放聲大笑。

「這……的確！」

「好啦，如果你考上，我會陪你聊聊。」

「是！我會努力！謝謝哥哥！」

「不准叫我哥哥。快給我學會叫學長。」

大志聽了當場愣住。

過沒多久，他呆滯的雙眼重新亮起光芒，閃閃發光。

「哇，剛那句臺詞超帥的！我可以跟姊姊說嗎!?這樣姊姊應該也會同意。」

「吵死了，不要，開什麼玩笑勸你不要喔。真的不要。回去，快回去。」

我甩手趕走他，大志像要逃走般飛奔而出。

過完馬路，和我隔了充分的距離後，他對我一鞠躬。

「那麼，謝謝你！比企谷學長！」

他大聲說道，颯爽地走向川崎家。

「……你還早得很咧。」

我看著逐漸遠去的背影，為他聲援。

6 不管怎麼樣，比企谷小町都會認同哥哥。

目送川崎大志離開後，我在便利商店裡面晃了一下。

年末的氣氛依舊，塞滿點心的紅色長靴以及包裝上印著兒童動畫角色的香檳汽水，默默被趕到五折特賣區。

取而代之的是，店內各個角落貼滿喜氣洋洋的紅白雙色傳單，提醒人預訂跨年蕎麥麵跟年菜。

收銀臺前的平臺放著年菜的樣品，旁邊是小小的迷你門松裝飾。

除此之外，便當區的咖哩旁邊還貼著手繪ＰＯＰ廣告，搭配「年菜是很好吃沒錯，但咖哩也很棒喔！」這句老梗廣告詞，相當細心。看來是店員自己畫的。

這種時候，會畫畫的打工仔真的會被搾乾。每次推出新商品或辦活動的時候，我都會看見新的ＰＯＰ廣告，這個壓榨無雙未免開太大了。好吧，總公司八成有訂業績目標，店員應該也很拚吧……

新年過後要預訂節分的惠方卷和惠方瑞士卷，接著馬上就要迎接情人節活動，這就是便利商店業。惠方瑞士卷是什麼鬼……

至今以來我看過好幾次這個畫面，可是聖誕節過後的忙碌期，我實在習慣不了。只有映入眼簾的景色在迅速改變，跟日常生活毫無變化的自己差異愈來愈大。

然而，時光的流逝無法抗拒。今年和明年，我應該都會軟趴趴懶洋洋地度過，等到回過神來才發現，春天已然到來。

不管是哭是笑，今年只剩幾天而已。

離這個年度結束，還有三個月。

在世人忙昏頭的時候悠悠哉哉，某種意義上可謂最奢侈的行為。以前就有這麼一句話。別慌啊年度末要來了。不對，那是世紀末（註29）。呵哈哈！要不要把你也變成蠟像啊！（註30）

註29 惡搞自日本偶像男子團體苦柿隊的歌曲〈NAI-NAI 16〉的歌詞「別慌啊世紀末要來了」。

註30 日本搖滾樂團聖飢魔II的歌曲〈蠟像館〉的歌詞。「聖肌魔」日文音同「世紀末」。

我想著愉快的事，暗自竊笑，由於其他客人納悶地看著我，我又開始於店內晃來晃去。

掃過一遍雜誌區後，我來到放零食、泡麵及飲料的區域。除了那些固定商品外，還陳列著搭上跨年風潮的順風車，只換了包裝的商品，以及打著冬季限定的招牌的新商品，把貨架擠得滿滿的。

說到冬季限定……我走向冰品區。

目標是雪見大福。

值得感激的是，它已經改成全年販售商品，以前可是只有冬天才會賣。時至今日，「它是冬天吃的」這個印象，依舊深植在我心中。

反正都要買，連小町的份也一起買好了……現在她應該窩在暖桌裡，正想吃冰吧。

我邊想邊將雪見大福扔進購物籃。

說到冬天的冰品，就是這個雪見大福。雪見大福擬人化後一定是白皙巨乳皮膚跟大福一樣柔嫩的和服美女。我知道，我是知道的。喜歡海洋隊的我明白。（註31）

WE　LOVE　海洋隊！會一直為你們加油的！

註31　千葉羅德海洋隊的吉祥物為海鷗。

× × ×

結帳完，我拎著塑膠袋趕回家。

現在是冬天，不用擔心冰淇淋融化，可是刺骨的寒風吹在身上，步伐自然就會加快。

回家後，家裡靜寂無聲，我爬樓梯的聲音也顯得特別大。

媽媽中午也說了，今天雙親都會晚歸。

我走進客廳，不出所料，小町窩在暖桌裡摸著小雪看電視。似乎是念書念到一半在休息。

我對她的背影說：

「我回來了。要吃冰嗎？」

小町回頭瞄了我一眼，只有輕輕點頭「嗯」了聲。

唔？怎麼回事，平常她會更開心才對……

我疑惑地跟著鑽進暖桌，盤腿而坐，將塑膠袋、手機、錢包放到桌上。

「給妳。」

然後窸窸窣窣從塑膠袋裡拿出雪見大福，遞給小町。

「謝謝……等等再吃。」

她小聲回應，接過冰淇淋，拿著它靜靜走向冰箱。回到暖桌後，小町仍然一語不發。

怎麼了？這傢伙今天心情不好嗎……

我有點害怕地觀察小町，拆開雪見大福。

剛好吃完一個的時候，小町像做好了什麼覺悟般面向我。

然後拍拍地板。

「哥哥，坐好。」

「嗯？呃，我坐著啊……」

難道我沒坐著？我擔心起來，特地掀開被子檢查自己的腳。

可是，我確實穩穩地盤腿坐著，也乖乖坐在和室椅上。我把暖桌被掀來掀去，證明給小町看。

小町卻沒有改口。

「坐好。」

「就說我坐著了……」

什麼？該不會是要我跪坐？是嗎？為何我非得跪坐不可……心裡這麼想，還是照她所說規規矩矩地跪坐的人就是在下我。

會講很久嗎？這樣冰淇淋會不會融化？我擔心地急忙將最後一口冰塞進口中。

我嚼著大福，用眼神示意小町我準備好聽她說了，小町輕聲清了下喉嚨。

然後瞇眼看著我。

「可以請你解釋一下嗎？」

「……什麼東西？」

我吞下雪見大福，詢問小町。解釋什麼？我買冰給她的理由嗎？

當然是因為喜歡妳啊別逼我說出來羞死人了。

我如此心想，自己在那邊害羞，小町看我的視線卻非常冷淡，她想跟我說的似乎不是太溫馨的話題。

不過我完全想不到小町在叫我解釋什麼，一頭霧水。

小町平靜地嘆了口氣。

「剛剛那件事。你和折本學姊在一起。那是怎樣？」

「啊？什麼怎樣，我們就只是單純的國中同學……」

「小町也知道。」

「那就別問啊，妳幹麼啊。」

我有點不耐煩，小町默默盯著我。那彷彿有話想說的眼睛，明顯傳達出不滿。

我被那簡直要把我整個人看穿的視線震懾住，有種非得再說些什麼的感覺。

「不、不是，真的只有那樣……是真的。」

我驚慌失措，瞬間有種自己在說謊的感覺。

這句話沒有半分虛假，可是我畢竟和折本告白過，被她甩了，因此提到折本佳織的時候，話總是會變少。

拜其所賜，最後我咕噥了一聲，閉上嘴巴。

若能解釋複雜的男人心，事情就簡單了，但我實在開不了口跟妹妹說。

妹妹應該也不會想聽哥哥講感情吧。至少我並不想聽家人提這些。假如我有個哥哥，他突然跟我聊戀愛話題，我會有種「這傢伙在說什麼啊，關我屁事……」的感覺。還有，小町跟我聊戀愛話題的瞬間，我大概會哭出來聽不下去。

我想了一堆，不自覺地陷入沉默，小町慢慢往我這邊靠。她微微歪頭，由下往上注視我。

「單純的……單、純、的、同學，為什麼會來家裡？」

她反覆強調那個詞。

小町知道我國中時期是什麼樣子。事到如今還跟同學走得那麼近，特地在自己家門前聊天，自然會覺得奇怪。畢竟我自己也跟稻川淳二（註32）一樣覺得「好奇怪喔好恐怖喔」。最恐怖的是小町就是了。跟一杯茶一樣恐怖。（註33）

因此，為了小町，我挺直背脊，井井有條地向她說明。

「她不是來我們家，是送我回來……我們是一起回家的。折本在我今天去的店打工。我在回家路上遇到她，在門口聊了一下，然後妳就回來了……」

「意思是，你們碰巧一起回家，站在家門前聊天。」

「對啊。」

「哦……」

小町的反應很微妙，看不出接不接受這個理由。她緩緩轉頭環視客廳，安心地輕聲說道：

「這樣呀，不是要讓她進家裡。」

「我怎麼可能讓別人進來。」

我反射性回嘴，忽然想到。

註32　日本廣播主持人兼恐怖主義作家。

註33　梗出自經典的落語段子。一名男子表示自己最怕饅頭，眾人便找來一堆饅頭嚇他，饅頭卻被男子吃完了。其他人質問他「你不是怕饅頭嗎」，男子回答「我現在更怕一杯茶」。

由比濱來過我們家……但那是小町找她來的，不是我，可以不算吧……先不講這個了。

問題是小町。

小町從剛剛開始就跟看守地盤的野生動物一樣，謹慎地觀察屋內。儼然是一名調查案發現場，用智慧之泉將混沌的碎片拼湊起來的偵探。（註34）

現在的小町講白了點就是那個。

「我說，小姑啊。」

聽我這樣叫她，小町狠狠瞪過來。

「誰是小姑？小町就是小町。」

「就是妳……問那麼多幹麼？妳到底多喜歡我啊妳是束縛系女友嗎？那種女生會被討厭喔。」

我酸了她一句，小町嗤之以鼻。

「垃圾哥哥，你聽好……」

小町的語氣大概蘊含無奈。嗯，好的。是那個對吧，沒女友還敢裝得很懂的樣子，沒有比這更可悲的了……

註34　梗出自推理小說《GOSICK》。

我在內心反省，小町卻不是要講這個。

「小町是在擔心哥哥。哥哥沒人要的話，最壞的情況，老了只要由小町照顧就行，可是如果哥哥太受歡迎，步入修羅場，小町會很頭痛。」

「才不會……」

小町只是疲憊地嘆氣。

「萬一哥哥在小町注意不到的地方被捅，小町可救不了你。」

她帶著「今晚是關鍵我們已經全力搶救但他快不行了」的表情慢慢搖頭。

「不用擔心那個啦……」

是說不管小町有沒有注意到，被捅就死定了吧。

「總之不用擔心這個。我跟折本之間什麼都沒有。妳對她很有敵意耶。折本惹到妳了？」

我想起在門口遇到折本時，小町的反應怪怪的，她聽了肩膀一顫。

明顯跟剛才有點搞笑的氣氛不同。

當時察覺到的異樣感果然不是錯覺。

小町基本上是個溝通能力強、善於社交、不怕生的孩子。這個特質在跟雪之下、由比濱甚至陽乃相處的時候特別明顯，不過即使是初次見面的人，她也有辦法與對方好好相處。之前暑假的時候，去高原千葉村的成員只有她是國中生，她卻自然地融入我們幾個高中生和葉山那群人之中。

正因如此，她今天對折本的態度令人費解。

我似乎問到了重點，或者說踩到了地雷。

然而，講出去的話無法收回。我能做的只有再說一遍，盡量修正成比較安全的說法。

「她是妳不擅長應付的類型？」

我巧妙地將「討厭」一詞包裝得沒那麼難聽，小町搖搖頭，接著補充：

「小町不討厭折本學姊。不如說那種直爽的個性，小町挺喜歡的……」

我就知道。雖然這是我個人的印象，大剌剌的折本和開朗活潑的小町，感覺並不會合不來。

「只不過……折本學姊身邊的人，就是……有點……給小町的觀感不太好……所以，雖然折本學姊本人不包含在內，相抵之下的結果是有點不喜歡……」

小町垂下頭，彷彿覺得難以啟齒，一字一句地說出口。由於她低著頭的關係，表情不得而知，那就是她跟折本保持了一段距離的理由嗎？

儘管這句話斷斷續續，沒有重點，我馬上就想到了答案。

我跟折本告白過，最後被甩，應該有不少人覺得這件事很好笑，到處跟別人說。

既然如此，同一所國中的小町聽見也不奇怪。

哥哥狼狽地被甩的事蹟被人拿來當笑話談論，感覺想必不會好到哪去。

她大概十分羞恥吧，肯定留下了不好的回憶。

雖然她講話支支吾吾的，我從小町的態度察覺到了。

朋友多，代表身邊會有許多價值觀不盡相同的人，其中想必也會有拿他人當笑柄，度過愉快時間的人。折本就讀的海濱綜合高中的某某町同學，就是最好的例子。

會像這樣被嘲笑的不只當事人，親近的人也包含在內。

「抱歉……」

我無意間說出這句話。

其實我應該要更早發現，更早對她說的，卻拖了這麼久。事到如今才講這些，或許已經沒有意義。

所以，這不是道歉也不是懺悔，比較接近宣誓。

「放心吧，再也不會發生那種事。我不會害妳也留下不好的回憶。高中絕對不會發生跟國中一樣的事。」

我把手放到小町頭上，好讓她安心。

留下那種回憶跟害人留下那種回憶，我都受夠了。默默守護我以自己的方式度過的每一天，以及身邊的人，對我而言是最重要的。

我肯定不會再將自身的願望及心意訴諸於言語。

如果等我將來成為大人後，能找到更好的做法就好了，但到時可能早就為時已晚，只會緬懷苦澀的回憶。

在我獨自沉思時，小町錯愕地看著我。一臉頭上除了我的手以外，還冒出了問號的表情。

她被我摸得腦袋搖來晃去，神情複雜，最後好像想到了什麼，深深嘆息。

「啊──對喔，哥哥的思考模式就是那樣……」

她將我的手從頭上拍掉。

「哥哥，跟你說喔。」

她先說了句開場白，跟著跪坐在地上，與我促膝相對。然後清了下嗓子確認喉嚨的狀態，豎起手指，滔滔不絕。

「你好像誤會了所以小町先跟你講清楚，小町只是有點超級不爽討厭折本學姊的朋友而已，哥哥被笑小町一點感覺都沒有。反而可以理解。」

「喔、喔……」

可、可以理解嗎……？

我被她的氣勢嚇到，小町接著說：

「哥哥本來就會被各式各樣的人取笑，用不著特別做什麼。小町自己都會主動把哥哥拿來當笑柄了。」

「喔、喔……」

是、是這樣嗎……？

現正揭曉的驚人事實，導致我有點受到打擊。太狠了，小町妹妹……我垂頭喪氣，心裡開始燃起怒火。

這傢伙到底把我當什麼？我對小町投以帶有些許怨氣的視線，與她四目相交。

「……所以，就算哥哥在做蠢事，就算哥哥表現得超遜，小町都會笑著接納哥哥。不用管小町，做自己想做的事就好。」

她淘氣地補上一句「因為小町是妹妹嘛」，靦腆一笑。那抹嬌羞的微笑與年齡相符，天真可愛，溫柔的眼神卻遠比我更加成熟，明明她是我妹。

「我覺得我不會做蠢事，也不會表現得超遜啦……總之，知道了。謝謝。」

相較之下，我的回答是多麼幼稚。小町似乎願意配合我那幼稚的言詞，裝成姊姊的樣子故作誇張地點頭。

「知道就好。千萬不要有『為了小町』這種多餘的想法。」

「才不會。」

我嘖了一聲，小町滿意地笑了。

「那小町也要去吃冰。」

她撐著暖桌站起來，暖桌隨著她的動作微微晃動。我將歪掉的桌子移回原位時，手掌接觸到的桌面傳來震動。

什麼東西？我望向震動的來源，看來是我扔在桌上的手機在響。

拿起手機一看，螢幕上顯示著「☆★結衣★☆」。打電話給我的人是由比濱。

我拿著手機，下意識偷看小町一眼。現在在這邊接起電話，也沒有任何問題。然而，小町剛才說的話忽然浮現腦海。

不要有「為了小町」這種多餘的想法，彷彿是在叫我不要拿小町當藉口逃避。

不能隨便依賴小町。因為小町在的話，我會忍不住把話題丟給她。她才剛念過我，這點小事我就自己處理吧。

我單手拿著手機，急忙起身，來到氣溫比客廳低一些的走廊。跟紅鶴一樣單腳站在冰冷的地板上，靠著走廊的牆壁。

仍然響個不停的手機於手中震動，傳達到身體內側。嗡嗡嗡撲通撲通地持續震動。

我做了個深呼吸以冷靜下來，按下接聽鍵。

「…………喂？」

都接了電話我才想到，這傢伙打電話給我幹麼？

可是，想也沒意義。事先知道，思考該回答的話語及該說的內容，只會帶來空虛。

事先想好的話語及回答，大部分都不是出於真心，全是徹頭徹尾的謊言。

『啊，自閉男？你現在方便嗎？』

聽筒傳來熟悉的聲音。

因此，我希望自己至少能成為即使沒有任何準備，也能說出沒有半分虛假的話語的人。

7 笨拙地，與由比濱結衣通著電話。

電視細微的聲音，隔著一扇門從客廳傳來。

八成是小町一隻手拿著冰淇淋窩在暖桌裡，懶洋洋地在看電視。不曉得她在看什麼，不過小聲的雜音造成干擾，我快步離開原地。

『自閉男？喂——』

耳邊的手機傳出由比濱的聲音，她似乎在疑惑我怎麼不說話了。

「……嗯，我聽得見。」

我一面回答，一面靜靜離開牆壁，走向自己的房間，不知不覺放輕腳步。

或許是因為我在講電話的關係。為了避免話筒另一邊的對象聽見雜音，躡手躡腳地緩慢行走。

走廊比客廳稍冷一些。

地板也跟氣溫一樣冰冷，每走一步，冰冷的觸感就隔著襪子傳來。

『啊，你突然沒聲音，我還以為怎麼了。』

「沒怎麼了……」

只是花了點時間做好覺悟。

意料之外的電話會害人擔心「咦，我做錯了什麼嗎……」瞬間猶豫要不要接！想得到原因的話就直接無視！還會在聽完留言後判斷重要性，覺得「這種事不用回撥也沒關係吧……」最後繼續無視……

有的關係會因此逐漸疏遠。

所以電話會帶來緊張感。看不見對方的臉、能夠單方面無視對方，都可能是輕易斬斷人際關係的要因。

本來就搞不懂對方在想什麼了，情報量又有所限制，失敗的風險也會隨之提高。

正因為是能輕易建立的關係，才會輕易失去。

就算對象是由比濱也一樣。不，正因為對象是由比濱，才不想失敗。

由於有點緊張，我花了一些時間控制差點拔尖的聲音。

「所以，有什麼事？」

我家稱不上大，在進行這段對話的期間就回到了房間。

我按下電燈開關，反手關門，坐到床上。日光燈微微照亮飄到空中的少許灰塵。看著耀眼的光，我心不在焉地想著該大掃除了。

『那個……』

由比濱謹慎地思考措辭。在鴉雀無聲的房間中，那像在躊躇的微弱聲音仍然清晰可聞。

『……自、自閉男，你年末有空嗎？』

「喔、喔……」

我反射性回應斷斷續續的話語。不久後，那句話的內容慢慢傳入腦中。

「是有空……」

根本不用特地問我。

別說年末年初，我根本全年無職，甚至全年無薪。

都是因為跟侍奉社這個社團扯上關係，我習慣黑心企業了。真是有前途的社畜。

是不是又要黑心一波了？跟剛才不一樣的緊張感油然而生。

然而，由比濱的提議令人意想不到。

我聽見小小的吸氣聲，接著是雀躍的聲音。

『那那那，跨年夜要不要去新年參拜？』

「喔，二年參拜啊。」

講出這個詞後，聽筒傳來困惑的聲音。

『……二年參拜？』

啊！這是聽不懂的反應！由比濱在電波的遠方歪頭的模樣，清楚浮現於腦海。

「跨年夜去新年參拜，就叫二年參拜。」

二年參拜指的是參拜時以跨年當天的凌晨十二點為分界點，跨過兩個年度。詳細的定義眾說紛紜，簡單地說就是在跨年時去新年參拜。

『哦……』

由比濱的回應模稜兩可，聽不出到底有沒有聽懂。八成是沒有……

不過，新年參拜啊。

挺吉利的。

去新年參拜的話，會有種能讓頭髮長出來的感覺（註35）。不是，從讀音上來說嘛？看到祖父頭上沒什麼毛，擔心自己將來的頭皮的人就是我。

註35「新年參拜（Hatsumoude）」與「長頭髮（Hatsumou）」音近。

未來遲早會出現拿「靠新年參拜來長頭髮吧！」之類的神祕標語打廣告，跟頭髮有關的神社。

我逃避面對自己的頭皮問題，這時由比濱像要觀察我的反應似的，吐出一口疑惑的氣。

『那……要去二年參拜嗎？』

「啊，嗯……這、這個嘛。」

我反射性回答。

可是。

可是啊。

以剛才的邀約方式來說，情報量太少了。

年末，跟由比濱一起去新年參拜。這一點可以確定。

但不弄清楚其他部分，實在很難回答。

例如。

只有我們兩個嗎？

由比濱目前並未提及其他人的名字，如果非常直接地解釋剛才那句話，很可能只有我和她兩個人。

然而，只有我們兩個的話，總覺得各種不妙。哪裡不妙呢？真的很不妙。

只要有個理由就行，例如要去買東西、要趁做其他事的時候順便去新年參拜、為活動取材。

懷著明確的目的，就不會受到譴責，也沒人有資格抱怨。我自己也可以不用東想西想。

私人行程就不一樣了。

……咦，因為，要做什麼？我不懂一起去新年參拜要幹麼啊。正常出門正常對話，正常新年參拜就行了嗎？

正常是什麼呢（哲學）。

我的疑問源源不絕。

而且，其他問題也冒了出來。

新年參拜的地點，恐怕是稻毛淺間神社。稻毛淺間神社是這一帶最大的知名神社。

意即除了我們，還會有一堆人。

夏天發生的事忽然浮現腦海。

跟那場煙火大會一樣，與我共同行動，很可能對由比濱造成不良影響。相模南以前對我既鄙視又厭惡，而跟她一樣的人並不稀奇。是隨處可見的平凡人。

千萬別忘記。階級金字塔至今依然屹立不搖。

要是我誤會，也會給由比濱添麻煩。

不可以誤會。

我再三告誡自己。

感情、環境、關係都是。

一旦大意，很容易就會犯錯。

正因如此，為了自己，為了對方，必須先設好防線。

「啊、啊——先別說我……」

我以含糊的言詞保留自身的選擇，稍事停頓。

「……其他人呢？」

這問法真巧妙。

雖然很拐彎抹角，聽起來像有考慮到第三者介入的說法，能夠委婉地牽制對方，避免單獨跟對方去新年參拜。

那麼，她會怎麼回答呢……

我如此心想，聽筒卻立刻傳來活潑的聲音。

『小雪乃也要去！』

「啊，是嗎……」

我想也是！不可能只有我們兩個嘛！噗噗——呵呵呵，這傢伙還想牽制人家啊，笑死！不，並不好笑……丟臉死了。可惡，我未免想太多了吧。

嗯，哎，不管兩個人還是三個人，跟女生出去這種事本來就是異常狀況，可是我聽說世上也有開工第一天整個部門去新年參拜的公司。經理帶數名部下去新年參拜，一點都不會不自然。

我講了一堆藉口，埋頭做好站上新年參拜戰場的覺悟，聽筒傳來突然靈機一動的聲音。

『啊，要不要問問小町——？』

我用肩膀夾著手機，看了房門一眼。

「……小町啊。等我一下。」

我這麼告訴她，沒有掛斷電話，快步走出房間。

× × ×

探頭窺探客廳，小町坐在暖桌裡吃冰看電視。

她的手邊不知何時多出一杯咖啡歐蕾，貓咪小雪還趴在腿上，大概是用來代替熱水袋，徹底進入悠哉模式。不是貓耳模式有點可惜。

是說這個魚乾妹小町也太悠哉了吧……

小町疑惑地望向突然走進客廳的我。我清了下喉嚨，回應她的視線。

「小町，要不要去二年參拜？」

小町皺起眉頭。

「二年參拜？」

「嗯。」

「……為──什麼突然提到這個？」

她緊盯著我，對我投以失禮的視線。由於她的眼神實在太不客氣，我不禁嚇了一跳。

她沉吟著繼續盯著我，視線落在右手的手機上。

「電話，是結衣姊姊？」

「……對。」

我隨口回答，小町無奈地嘆氣。

「……哥哥。」

「幹、幹麼？」

小町誇張地聳肩，指著自己的臉，搭配過多的手勢開始說明。

「那個時間，小町，很睏。不出門。不去。」

「喔，這樣啊……」

不曉得她講話為何變得跟機器人一樣，但我隱約猜得到小町的用意。

不能總是依賴小町。不能拿她當理由、拿她當藉口，來決定自己的立場。

那是卑鄙的行為。

「小町不去，哥哥自己仔細考慮過再決定。不管要不要去……知道了嗎？」

她瞪了我一眼。像在譴責人的措辭，使我的內心隱隱作痛。

我為之語塞。

我真的很卑鄙。不過要說卑鄙的話，我剛才對由比濱說的話也很卑鄙。那種說法太奸詐了。

真的很討厭自己。

我深切地感受到，自己在拿「其他人」或「大家」當藉口，做為方便的詞彙使用。

我悶悶不樂地長嘆一口氣。

「知道。我會好好處理。」

「那就好。」

聽見我的回答，小町點點頭。

其實，用不著小町說我也明白。只是一直不去正視。

我輕輕點頭回應小町，離開客廳。

無論是誰，總有一天都得把該做的事處理好。

目前我能做的，只有為剛才虛偽的言詞後悔就是了。

× × ×

在寒冷的走廊上走了幾步後，腳底竄起寒意。那股寒意促使我加快腳步，回到房間。

手中是還沒掛斷的手機。

我拿著手機，輕聲嘆息。

「……喂。」

我小聲呼喚她，由比濱有點慌張地回答。

『喂、喂。』

她的聲音使我放下心來。我和小町講了一段時間，她應該是一直拿著手機等我。基於愧疚，明明對方看不見，我還是不自覺低下頭。

「抱歉，久等了……小町說她不去。」

『嗯，我有聽見。』

由比濱輕笑出聲。

一想到剛才的對話通通被她聽在耳裡，就覺得難為情，講不出話來。

『……你要去嗎？』

甜美的聲音客氣地詢問，搔弄我的耳朵。

我因此忍不住扭動身軀。即使是透過電波傳來的聲音，敏感的耳朵照樣會有反應的樣子。

幸好這不是Ｚｏｏｍ之類的視訊電話……我的耳朵八成紅透了……

我有點刻意地咳嗽，強行轉換心情。

比剛才的對話更加慎重，不說謊也不打馬虎眼，盡量真誠地說出自己能說的話。

「我……會去。剩下的事就交給妳了。」

『咦，啊……嗯。好。』

也許是稍嫌冷淡的語氣導致她不知所措，由比濱的回答帶有驚訝及困惑的情緒。是表達方式不對嗎？我急忙補上一句。

「呃，就是，反正我沒安排行程……可以配合妳們……總之，我會去的。」

……傷腦筋。

藉口和邀約的用詞。

通通爛到不行。

如果能以更聰明的方式應對就好了。

又沒有直接見面，拿著手機的手卻冒出冷汗，有種頭皮汗腺打開的感覺。

為什麼講出沒事先想好的話這麼累人？

我嘆了一小口氣，手機另一端傳來一陣沉默。

『…………』

「怎、怎麼了……」

我開口詢問，她似乎現在才回過神來，急忙回答：

『沒、沒事，什麼事都沒有！』

她笑著帶過剛才那陣沉默，清了下嗓子，檢查喉嚨的狀況。

『那我之後再傳簡訊告訴你集合地點。』

「好，麻煩妳了。」

『嗯。』

該說的話到此結束。

……照理來說是這樣的，不知為何，我們卻沒掛電話，默默聽著參雜雜音的沉默。

「…………」

『…………』

連對方的呼吸聲都下意識側耳傾聽。過了一會兒，由比濱忽然笑出來。

「幹麼啦……」

『啊，抱歉抱歉。只是覺得好奇怪。』

到底哪裡奇怪？我如此心想，同樣有種神祕的感覺。既然事情說完，趕快掛電話不就得了，我卻沒來由地無法按下那個鍵。

有一種說法是，由打電話的那一方掛斷才符合禮節。搞不好是這個不知道從哪聽來的知識害的。

好吧，我們也不是那種會在意禮節的關係。由我掛電話也不成問題。

我改變主意，再次開口。

「那我掛囉。」

『嗯。拜拜。』

由比濱嘴上這麼說，卻沒有要掛電話的跡象。

『…………』

仍然聽得見細微的呼吸聲，我不禁苦笑。

「……快點掛電話啦。」

『說、說得也是……』

她現在應該帶著一如往常的羞澀笑容，摸著丸子頭。

我想像著那個畫面，電話另一端的人發出想到什麼的呼吸聲。

『啊，不然我們數三、二、一，一起掛電話？』

講出這種話，她大概是自己也覺得害羞，隔著電話都想像得出她難為情的笑容。

意識到的瞬間，我的脖子瞬間發熱。

「什麼鬼才不要我要掛了。」

『啊，欸，等──』

「好，掛了，拜。」

語畢，我迅速掛斷電話。

嘆息聲從口中溢出。

我盯著手中的手機，看了一段時間。

那段對話是怎樣……

想起剛才的對話，我在床上擺動四肢。彷彿在練習游泳的動作，跟前一刻幼稚的交談有幾分相似之處，一有自覺就突然羞恥起來。

我在床上翻滾了一陣子，最後放棄掙扎，靜止不動。深深嘆息。

總覺得累得要命，等到口渴的時候，我才終於起身。

×　×　×

我一臉疲憊地回到客廳，跟正好轉頭的小町四目相交。

看到我的臉，小町滿意地吁出一口氣。

「要去二年參拜嗎？」

「嗯，大概。」

我繞到廚房，喝了一杯水才冷淡地回答。她咧嘴一笑。

「喔喔，這樣啊這樣啊。」

「妳的表情好欠扁……」

「沒有啦——小町在想，以哥哥來說做得很好了。」

小町微笑著說，我倒認為自己做得一點也不好。應該有更好的回答方式。

我一面反省，一面鑽進暖桌，小町像要跟我接棒般站了起來。

「那小町得想一下要去哪新年參拜了。」

「喔，老爸想去龜戶天神。要不要陪他去？」

小町毫不掩飾地露出厭惡的表情。

「咦……」

呃，這個反應好過分……老爸也是費盡心思想討妳歡心喔？我對老爸心生同情，小町卻毫不在乎。

「小町會隨便找一間神社的。那晚安——」

話才剛說完，她就走出客廳。

只剩我跟小雪。

小雪哼了一聲，甩動前腳，不悅地爬起來伸懶腰，然後窸窸窣窣鑽到暖桌裡面。

我也跟著把暖桌被蓋到肩膀，進入暖桌蝸牛狀態。

今年只剩幾天。

與往年不同，感覺會是個有點熱鬧、忙碌的年末。

8 無論何時，雪之下雪乃的生理時鐘都不會失準。

冬天的晚上大多很安靜，今天卻離安靜相去甚遠，將近深夜，街上依然充滿活力。

都快要換日了，電車窗外的街景還亮著好幾盞燈，走在夜路上的行人映入眼簾。電車裡的氣氛同樣充滿活力。

我搭乘遠比平常擠的電車，過了數站。

跟著從剪票口吐出的人潮，走過平緩的下坡，最後抵達淺間神社的第一座鳥居。朝向國道十四號的巨大鳥居，據說以前是蓋在海上的。這個資訊來自千葉君的官方推特，所以肯定沒錯。遙遠的往昔，眼前想必是跟世界遺產嚴島神社一樣莊嚴的景色。也就是說，千葉也有機會被列為世界遺產，它在我心中已經等同於世界遺產。

稻毛淺間神社人潮洶湧。不愧是我心中的世界遺產……真受歡迎……

我在人流中前進，於巨大鳥居前發現約好碰面的對象。

視線前方的那名少女看到我，朝氣蓬勃地舉起手。明亮的褐色丸子頭隨之晃動。

「自閉男，晚上嗨囉！」

「那什麼招呼語……」

我錯愕地回答。由比濱穿著經編毛衣跟米色外套，脖子圍著長長的圍巾，舉到空中的手用連指手套包得緊緊的。

雪之下在她旁邊。身穿純白外套，從格紋迷你裙底下露出的雙腳穿著黑褲襪，是全套的冬裝。她看了我一眼，拉下把脖子到臉頰之間都遮住的蘇格蘭紋圍巾，輕輕點頭。

「晚上好。」

「嗯。」

在我們問候對方的時候，格外莊嚴的鐘聲從遠方傳來。

很快就要過年了。

有人在看手機，有人在看手錶，眾人各自靜靜等待今年離去的瞬間。

不久後，倒數計時的聲音憑空傳來。

5、4、3、2、1……

參拜客的歡呼聲，於神社的鳥居前響起。其中還有人在跨年的瞬間原地跳躍。啊——好的，是那個對吧，那種會說「跨年的瞬間我不在地球上喔」的人。不不不，還是在地球上好嗎？臭氧層下面都算在地球上啦。

我冷冷看著周遭的人，由比濱則跟我相反，兩眼發光，面向我和雪之下。

「新年嗨囉！」

「那什麼招呼語……新年快樂。」

我苦笑著簡單回應，聽見壓低音量的咳嗽聲，往那邊看過去。

「……新年快樂。」

雪之下把臉埋在圍巾裡面。正式祝人新年快樂的時候，實在很難為情。我也會下意識摸著圍巾的尾端。

「喔……嗯。新年快樂。」

我也回以稱不上祝賀的祝賀。

三人分別說完新年的招呼語後，雪之下指著前方。

「那麼，去參拜吧。」

從大鳥居延伸至前方的平緩坡道，旁邊放著耀眼的燈籠。我們開始走向光點所指的前方。

× × ×

參道兩側種著鬱鬱蒼蒼的樹木。參拜客沒有踏進那座森林，莊重地跟著前面的人前往神社境內。

可能是因為這座神社是附近最大的，來二年參拜的人也很多。新年一到，人似乎又更多了。

由比濱在人群中四處張望，看來是被參道旁邊的攤販吸引住。

「好像祭典喔！」

「有這麼多人應該能賺一筆吧……好想快點回家。」

由比濱鼓起臉頰。

「你馬上就會講這種話……機會難得，去吃點東西嘛──」

聊著聊著，由比濱差點晃到參道外面。旁邊的雪之下拉住她的圍巾阻止她。

方。

「等參拜完再說。」

她語帶告誡，輕輕把手放在由比濱肩上，讓她的頭轉向前方。我也跟著面向前前面的隊伍還很長。

是說人這麼多，不能想點辦法嗎？我的大腦快吐了。真想立刻回家……

然而，爬上石階後，擁擠的人潮也緩和了一些。

八成是因為境內沒有攤販。

神社近在眼前，所以大家都沒有到處亂看，專心參拜。我們也跟著人流，來到神社前面。

「你們要許什麼願望？」

在快要輪到我們的時候，站在旁邊的由比濱開口詢問。

「新年參拜不是用來許願的吧。又不是七夕……」

「對呀。不是許願讓神明實現的功利性行為。」

雪之下從由比濱身後探出頭，由比濱面有難色。

「咦……可是不是有句話叫『有困難的時候去拜託神明』嗎……所以我想說，有困難的時候去拜託神明，是不是就能解決了……」

真是完美的邏輯。若神明這樣的存在那麼方便好用，世界應該會更和平吧。

「那句俗諺是在揶揄平常不信奉神明，只有遇到困難時才想求神拜佛的惡劣性格……」

雪之下也用手按著太陽穴，一副難以理解的樣子。

「咦。可是，神明都給拜託了，那拜託一下比較划算吧……」

由比濱疑似陷入混亂了，頭上冒出問號。

過沒多久，在前面參拜的人往旁邊讓開，我們站到了最前排。

雪之下輕聲嘆息。

「唉……是可以。硬要說的話，比較接近立誓就是了。」

她莞爾一笑，由比濱用力點頭，抱住她的手臂。

「這樣呀……那我有個願望想許。」

「是嗎……」

雪之下用溫柔的聲音回應，兩人上前一步，站在賽錢箱前面。

然後一起將硬幣丟進去，一起搖鈴。鞠躬兩次，拍兩次手。靜靜閉上眼睛。

在神明面前宣誓，營造出莊嚴的氛圍。

我也效法她們，鞠躬拍手後雙手合十。

願望……或者該立誓的事嗎……

我側目瞥向雪之下跟由比濱。

雪之下靜靜閉著眼睛，發出細微的呼吸聲。由比濱眉頭緊皺，念念有詞。她們許了什麼樣的願望、立下什麼樣的誓言，我不得而知。

我跟著閉上眼。

我沒有稱得上願望的願望，只不過，能靠自己的努力改變的事，我不想拿來許願。

總之，希望小町順利考上……因為，只有這個是我無能為力的啊。

× × ×

參拜完後，終於脫離人潮。

我環視遼闊的神社境內，到處都看得見巫女巫女護士（註36）。騙人的，沒有護士。

我走在全是巫女的巫女巫女天堂中，看見一列特別長的隊伍。前方是社務所。

註36　十八禁戀愛遊戲。

繪馬、破魔矢、護符等商品應有盡有，等待著參拜客。

我們在那裡排了一下子隊，購買想要的護身符。還抽籤測試今年的運氣。

我搖晃裝著木棒的六角形木筒，將搖出來的木棒編號告訴巫女，帶著巫女給的籤，快步趕往由比濱和雪之下身邊。

我在廣大的境內角落找到兩人。由比濱面帶笑容，雪之下則蹙眉瞪著手中的籤條。

發生了什麼事嗎……我心生疑惑，穿越人潮呼喚兩人。

「抱歉，久等了。」

由比濱立刻轉向這邊。

「不會呀。我們也抽了籤。」

她拿起手中的籤條甩來甩去，上面寫著「大吉」兩個大字。拜其所賜，我大致明白現在的狀況了。

原來如此……我望向雪之下，她的嘴巴微微嘟起，半瞇著眼看過來。

「比企谷同學呢？你也抽了籤對吧？」

「嗯。」

我打開一直握在手中的籤。雪之下跟由比濱將臉湊過來。

「小吉……」

太尷尬了……不過才課金一百日圓，抽不到好東西也是無可奈何。我簡單看了一下運勢分析，通通很尷尬。至於有多尷尬，健康方面寫著「身體無恙，但必須多加留意」，就是這麼尷尬。

由於這個結果稱不上壞，我煩惱著該不該把籤綁上去，站在旁邊的雪之下秀出自己的籤條。

「……中吉。」

她露出勝者的笑容。雪之下同學還是老樣子不服輸呢……

然而，多虧這場勝利，雪之下的心情好像恢復了不少。她滿意地吐出一口氣，撥開垂在肩上的頭髮。

由比濱笑著凝視她。

「幸好大家都沒抽到凶。」

「……是啊。」

她笑咪咪地說，雪之下好像也在反省自己過於好勝，別過頭，臉頰浮現一抹淡淡的紅色。

我正好跟轉頭的她四目相交。

「那個袋子……是護身符？」

雪之下疑惑的目光落在我手中。我拿起用紅字寫著「淺間神社」的小紙袋。

「喔，這個啊。對。用來保佑小町上榜的。」

「這樣呀……」

她微微一笑，歪過頭，抬起視線看著我的臉。

「不介意的話，要不要去寫繪馬？」

「啊，不錯耶！祈禱小町能順利考上！」

由比濱向前跳出一步，加入我和雪之下的話題。

「……不過可能要排一下隊。」

她瞥了我剛排完隊的社務所一眼，補充道。我沒有馬上回答，猶豫片刻才開口。

「……是嗎？謝謝。」

經過短暫的停頓說出口的話語，只有這麼幾個字。雪之下和由比濱聽見，眨了好幾下眼。

「……幹麼？」

由於她們倆的視線太沒禮貌，我挑眉回問，雪之下輕咳一聲。

「沒有，只是有點意外。」

「對呀，自閉男竟然說謝謝，好奇怪。你感覺就是討厭排隊的人。」

由比濱咯咯笑著，似乎覺得很好笑。不是，有什麼好笑的？我也會道謝啊。想著想著，我不禁呼出混入不悅情緒的鼻息。

「我可是願意為妹妹拋棄尊嚴的人。要不是為了小町，我早就回去了。」

「看來你拋棄的不是尊嚴，而是常識……」

雪之下傻眼地說，嘆著氣邁步而出。走了幾步路，她回頭看過來。

「那走吧。」

由比濱配合雪之下的視線，輕推我的肩膀。我跟著走向前，做為回應。不久後，我們追上在前面等我們的雪之下，三人再度排到人龍的最後方。

×　×　×

我們花了好一段時間，在繪馬上寫滿密密麻麻的字。

雪之下宛如字帖的端正字跡、我的鬼畫符，從途中開始，由比濱還加上一堆像在歡呼的表情符號，根本看不出在許什麼願望，供奉這種東西，神明想必會很頭痛。

可是，繪馬是用來討吉利的，說不定熱鬧點反而會讓神明注意到。我做為代表掛上繪馬，最後拍拍手。拜託囉，繪馬小弟。請讓小町考上……

我誠心膜拜過後，面向身後的兩人。

「好，這樣就行了。」

雪之下和由比濱看起來也很滿意成品，點頭回應。

雖然我本來並沒有打算寫繪馬，這樣新年參拜的目的就達成了。我思考了一下有沒有其他要做的事，開口說道：

「那接下來要幹麼？回家？」

「就說不回家了……為什麼這麼快就想走……」

由比濱冷冷看著我。因為事情都做完啦……我正想解釋，雪之下一臉疑惑地打斷我說話。

「不是要去逛攤販？」

她應該是想起了前往神社境內的途中，由比濱對攤販表現出強烈的興趣。雪之下一提議，由比濱就高速點頭贊成。

反正回程順路，我沒有意見。不如說，我似乎沒有發言權，她們已經採取行動了。

我們沿路走回去，來到攤販林立的一角。除了御好燒、章魚燒等經典小吃外，也有賣甜酒的攤販，或許是季節使然。

大量的食物系攤販中，還有射擊遊戲。在夏日祭典經常看到，原來冬天也有啊？我望向攤販，旁邊的人嘀咕了一句：

「為什麼新年參拜會有射擊遊戲……」

雪之下仔細觀察射擊遊戲的攤販，疑心重重的樣子。

「是很奇怪，但小孩子應該也會來，店家判斷有錢賺，來擺攤才正常吧。」

「真不可思議……為何會在這種地方……」

然而，雪之下好像沒在聽我說話，依然盯著射擊攤販。這時，我發現獎品裡有疑似貓熊強尼的布偶。噢，難怪妳看得那麼仔細……

「……要玩嗎？」

「不，我不是那個意思。」

她嘴上這麼說，整個人卻躁動不安。妳絕對是想要那個……

由比濱也發現了，溫柔地看著形跡可疑的雪之下。

「小雪乃喜歡貓熊強尼嘛。」

由比濱微笑著輕聲說道。平常會立刻否認或辯解的雪之下，現在卻連她的聲音都沒聽進耳中。八成是注意力都放在眼前的貓熊強尼身上。

雪之下還在盯著疑似貓熊強尼的布偶碎碎念。我看不把它弄到手，她是不會離開的。

要怎麼辦呢？雖然沒什麼信心，要不要試試看射不射得中……

我計算著荷包的厚度，由比濱小聲叫道：

「啊，對了。」

然後拉扯我的袖子。

「咦，幹麼……」

「嗯。」

她無視自己在那邊心跳加速的我，對我招手。看來是要我蹲低一點。我聽從她的指示微微低頭，由比濱把臉湊到我耳邊，說起悄悄話。

不用想都知道，擺出這種姿勢，雙方的距離會拉近。事到如今沒什麼好驚訝，也不會特別在意。

可是，與平常不同的柑橘系香水搔弄我的鼻腔，被寒風吹得染上淡粉色的臉頰近在眼前，使我不知道該往哪裡看。

我輕輕吐氣，用眼神催促她繼續說，由比濱也發出細微的呼吸聲，在我耳邊呢喃。

「那個，什麼時候要去買小雪乃的禮物？」

「啊、啊……」

經她這麼一說我才想到。

雪之下的生日即將到來。而前幾天聖誕節的時候，我跟由比濱約好要去買她的生日禮物。

不是，我沒有忘記，不如說我一直在思考該如何是好。

要在何時何地跟何人以何種手段購買何種禮物，再加上如何開啟這個話題，我一直思考著這5W1H。約人真難。我真的很不會挑日期。擅自決定的話可能會給對方添麻煩，問對方什麼時候方便，又像把責任全丟給對方，令人過意不去。這是什麼一輩子都決定不了的模式啊？

總而言之，對方主動提起真的太好了。

拖太久的話我又會想一堆，最後一定會不想去，因此我立刻挑好時間。

「……明天有空嗎？」

然而，或許是我太快決定的關係，由比濱有點愣住。

「嗯、嗯。是有空……」

她摸著丸子頭，動著嘴巴，難以啟齒的樣子，目光游移。然後像在竊竊私語般，猶豫著咕噥一句：

「就我們兩個……沒關係嗎？」

「呃，嗯，沒關係……」

她戰戰兢兢觀察我的反應，我不知所措地回答，由比濱鬆了口氣，點點頭。

「這、這樣呀……嗯，那就好。」

「喔、喔……那，就明天……」

「嗯……」

由比濱應完聲就沒再說話，我也莫名其妙閉上嘴巴。

這陣沉默害我怪不自在的，我左顧右盼，以掩飾自身的尷尬。

雪之下剛好垂頭喪氣地從射擊攤販走過來。

「怎麼了？好了嗎？」

她露出悲傷的笑容，不屑地說：

「嗯，那種東西就算了吧……」

「啥？」

我和由比濱面面相覷，感到疑惑。

我再度望向射擊攤販，想看看究竟發生什麼事。

把手放在額前定睛凝視，仔細一看，雪之下一直在關注的布偶不是貓熊強尼，而是貓熊強森。

這種類似祭典的場合，就是會出現呢——不是皮卡丘而是皮卡超，不是愛迪達而是哀迪達。

「啊——是盜版貨啊。」

我點著頭說，雪之下用手抵著下巴，微微歪頭。

「盜版貨？這名字我好像聽過。記得那人姓比、比企……」（註37）

「等一下？妳應該不是在指我吧？是說不只名字，妳連我的姓氏都記不住嗎？」

雪之下一副我冤枉她的態度，撥開肩上的頭髮。

「沒禮貌，我記得很清楚。」

「妳才沒禮貌……」

哎，既然她記得就算了……我轉彎轉得還真快。

畢竟世上也有被人稱呼為川什麼的同學，名字沒被好好記住的人！不知道川什麼的同學在做什麼……

註37「盜版貨（Pachimon）」與「八幡（Hachiman）」日文音近。

× × ×

我們沿著參道回去，穿過大鳥居，來到國道上。

寒風吹過寬敞的馬路，我冷得發抖，跟由比濱一起拉緊外套的領口。

另一方面，雪之下只有輕輕調整好圍巾的位置，大概是不怎麼怕冷。只不過，她的表情看起來有點疲憊，雪之下的嘆息化為白霧，於空中消散。也是啦，這傢伙不喜歡人多的地方。不對，我也差不多。

我看了下凌晨十二點過後，人變得更多的通往車站的道路，跟著嘆氣。

「京成感覺人就會很多……」

由比濱兩手一拍。

「啊，那要走去京葉線嗎？」

她看著國道對面靠海的那一側，我們就讀的總武高中的方向。京葉線的車站離神社有一些距離，人應該比最近的車站少。而且對我們而言是熟悉的道路，距離也不遠。

「說得也是……可以嗎？」

我問，雪之下默默點頭。

「好，那走吧！」

由比濱很有精神地撲到雪之下背上，催促她前進。雪之下就這樣讓她推著走，似乎沒有抵抗的意思。

明亮的街燈及來來往往的汽車車燈，照亮了路面。附近的公園好像有年輕人在為跨年狂歡，倒數計時完還在放煙火。

我們噠噠噠地走在因新年而熱鬧非凡的深夜街道上。與平常的夜晚不同，到處都聽得見喧囂聲，燈光四散的世界充滿非日常的氛圍，讓走在前方的兩人顯得有幾分夢幻。

哼歌聲及規律的腳步聲。與它保持一定距離，緩慢且安靜地於路上行走的靴子。外套及圍巾隨風飄揚，有時擔心地回頭檢查我有沒有跟在後面。每次我都會想笑。不用特地確認，我有跟上啦。

過了一會兒，走到車站附近的時候，與我們擦身而過的行人變多了。

除夕到元旦的這段期間，電車不會停駛。裡面應該有準備去新年參拜的人，也有跨完年準備回家的人。

我們跟著人群走進車站。我和雪之下可以直接搭電車回家，由比濱家則在附近。我望向由比濱，問她有什麼打算。

「妳要怎麼辦？」

「我……要怎麼辦呢。」

由比濱瞄了雪之下一眼，她點頭回應。

「可以來我家。」

「真的嗎!?」

「嗯。」

雪之下微笑著說，如同一隻小貓，打了個哈欠。

「那就先去雪之下家吧。」

話才剛說完，我就迅速穿過剪票口，走向往東京的月臺。不管怎樣，這個時間讓女孩子自己回家，我會過意不去。送她們回家方為做人之道。

月臺上看得見三三兩兩的人，進站的電車也不少乘客。儘管如此，人還是遠比從離神社最近的車站上車來得少。多虧臨海的區域沒有大神社，這裡並未受到二年參拜的影響。

我們並肩坐到剛好空著的三人座上，電車緩緩開始行駛。

微弱的震動及從腳底傳來的暖氣十分舒適。我下意識放鬆地呼出一口氣。由比濱好像聽見了，笑出聲來。

「外面好冷喔。」

「對啊。果然不該在冬天的晚上出門。」

「可是很開心嘛。晚上會特別興奮！」

由比濱兩眼散發光芒。妳那句最喜歡夜遊宣言是怎樣……好啦，可以理解在深夜散步或去便利商店，會有點雀躍……

這時，我發現坐在由比濱的反方向，也就是我的另一側的雪之下，一直沒有出聲。

我往旁邊看過去，雪之下正在打盹。哎呀哎呀，初夢夢見了寶船嗎？真吉利，呵呵呵呵。不對，初夢是元旦到一月二號之間做的夢吧？那這就不算初夢囉……

我也只有這個瞬間能擺出不慌不亂的態度想這些東西。

雪之下的身體晃了下，逐漸倒向我。重量慢慢壓在肩膀上，洗髮精的香氣從垂下來的頭髮飄散而出。

隔著外套感覺到的柔軟觸感與體溫。

以及傳入耳中的平靜呼吸聲。

電車的震動及風吹在車窗上的聲音，加上乘客的聊天聲，導致車內充滿聲音。

不過，每當電車搖晃，來自右側的細微呼吸聲都會刺激耳朵。

突如其來的接觸使身體僵硬。隨便亂動的話會吵醒雪之下，但我總不能一直維持這個姿勢。

因為，很羞恥，很不好意思耶。

我該如何是好？我不知所措，小聲呼喚她。

「喂、喂……」

由比濱卻豎起食指制止我。

「小雪乃看起來很累。」

她附在我耳邊悄聲說道，我自然無法反抗。平常我可能會跟她拉開適當的距離，不巧的是，現在雪之下纖細的身軀擋住了我的退路。

因此，我能做的只有待在原地點頭。

由比濱身體略微前傾，把手撐在大腿上托著腮，微笑著注視雪之下的臉。

我不時會跟抬起視線的她目光交會。由比濱笑了出來，不曉得在笑什麼。託她的福，我的心情變得更不平靜了。

結果，我維持這個姿勢坐了數站。

這段時間漫長到我產生「千葉有這麼大嗎？」的錯覺。

× × ×

熟悉的車內廣播通知我們目的地即將抵達，電車緩緩減速。

都快到站了，雪之下嬌嫩的雙唇仍在吐出平穩的氣息，平坦的胸口微微起伏。

那小小的舉動相當令人在意，可是我總不能盯著人家看，只好一動也不動地坐在原位。

那麼，電車也到站了，怎麼辦呢……

我束手無策，坐在旁邊的由比濱乾脆地起身，走到雪之下前面。

「小雪乃，要下車了。」

她溫柔搖晃她的身體，一面呼喚她。雪之下發出含糊不清的嘟囔聲，眼睛睜開一條線。

接著睡眼惺忪地愣了一會兒。

她猛然抬頭，立刻從座位上彈起來，大概是理解現在的狀況了。

「對、對不起……」

「不會，沒關係……」

我嘴上說著沒事，視線卻飄向旁邊，還順便活動了一下肩膀。

從前一刻還壓在肩上的重量得到解放，我的脖子發出喀喀喀的聲音。沒那麼痠了，卻餘溫尚存。

下了電車，露天的月臺吹著刺骨的寒風。我們逃也似地快步走下樓梯，穿過剪票口。

就算是白天人滿為患的站前，這個時間也一樣冷清。雖然有零散的行人，在冷風的襯托下，反而營造出一股靜謐的氛圍。

我們走在冬天安靜的街道上，前往雪之下住的大樓。雪之下跟由比濱走在前面，我則小步跟在後頭。

走在狹窄的岔路上，穿越車站附近的公園時，我和雪之下好像離得愈來愈遠，不曉得是不是錯覺。算了，我也不知道該如何面對她，是無所謂啦……

街燈的微光照亮兩人剛好相反的身影。

雪之下深深嘆息，用手按著太陽穴，頭很痛的樣子。疑似是在為剛才的失態感到自我厭惡。

由比濱則滿意地吐氣，像在細細品嘗幸福的滋味般，小聲說道：

「小雪乃的睡臉好可愛……」

雪之下肩膀一顫。

她默默盯著由比濱，忽然別過頭。那害羞的模樣似乎戳中由比濱的萌點，她高興地笑了。

「好開心喔！」

「是嗎？」

雪之下的聲音中帶有一絲恨意。由比濱回答她的語氣，卻明亮得連那如同北風的聲音都能照亮。

「嗯，好開心！」

聽見她回答得這麼果斷，雪之下和我都說不出話，取代言語的是浮現嘴角的微笑。

哎，的確。並不無聊。

在我如此心想之時，走在數步前面的由比濱原地轉了一百八十度。

「啊，對了。元旦的日出！這裡離海那麼近，我們去看元旦的日出吧！」

突如其來的瘋狂提議，導致我嘴角的微笑消失殆盡，發出不甘願的聲音。

「咦……」

「你的反應為什麼那麼誠實……」

由比濱冷冷看過來。因為，這個時期日出是早上六點耶……我撐不到那時候啦……

「千葉市朝向東京灣的西邊，看不見從大海升起的太陽……」

雪之下困惑地說，由比濱大吃一驚。

「是、是嗎？」

看到她的反應，雪之下臉上的笑意更深了。

「嗯，太陽是從東邊升起的。」

「這、這點常識我還是知道啦！」

看來她是想報復由比濱剛才拿自己的睡臉當話題。兩位過了一年，感情還是一樣好呢……

「市內雖然看不見，千葉縣的話，銚子市的日出滿有名的。」

除了山頂、離島外，位於關東最東部的犬吠埼，是全日本能最早看到日出的地方。因為這個原因，元旦那裡會擠滿人潮，有時還會塞車。八成有一堆人正好在開車往那邊去。

以上是今天的千葉小知識～

聽我說完，兩人都傻眼了。

雪之下疲憊地嘆氣，由比濱對我白眼相看，一副無力的樣子。

「出現了，千葉痴發病了……」

要妳管。我反而想說，妳們也該習慣了吧。

在我們聊天的期間，雪之下家到了。

來到大廳時，雪之下面向我。

「就到這吧……謝謝你送我們回來。」

她帶著羞澀的笑容跟我道謝，我不明白怎麼回應才正確，只是點頭表示這沒什麼大不了。

「……那我走了。」

「嗯。」

「嗯，晚安。」

我微微抬手回應兩人，離開大樓。穿過大廳的自動門，再度投身於夜幕中，仰望高樓大廈璀璨的燈光。

真是意想不到的元旦。

一年之計在於元旦，想到這句話就覺得，今年可能會是波瀾四起的一年。但我並不討厭。

正月乃通往他界的一個里程碑，值得慶賀，同時也不值得慶賀。

記得這句話是一休宗純說的。這樣就會覺得，凡事皆為一體兩面，用不同的角度去看，就會有不同的意思。傷腦筋的是，擅長聽出話中話的我，無論如何都只會注意到負面意義。

我邊想邊離開公寓。

接著傳來後方的自動門打開的聲音，啪噠啪噠的腳步聲逐漸接近。轉頭一看，由比濱站在那裡。

「自閉男。」

「幹麼？」

我詢問她的用意，由比濱摸著丸子頭，稍微扭動身軀，然後輕輕吸氣。

「那個……明天見。」

她抬起視線，彷彿在觀察我的反應。

在特別的新年夜，進行平凡無奇的對話。總覺得有點有趣，我不禁失笑。

「……嗯，明天見。」

我看著她的眼睛回答，由比濱揮揮手，走進大樓。目送她離去後，我朝毫無變化的新的一年踏出一步。

比企谷八幡思考著自己知道的事與未知之事。

抬頭仰望冬季晴朗的天空，單軌電車從頭上駛過。

我看著它嘆了口氣。淡淡的白色吐息飄向空中，最後被風吹散。

想到今天的行程心情就好沉重，不由得深深嘆息。

不對，不只今天。

未來大概還會有同樣的日子。

我也明白，總有一天可能會有「下一次」。

不知道這稱不稱得上約定，但我是這麼認為的。

問題在於，該在什麼時候什麼地方以什麼樣的語氣說才好？和人交流的經驗太少的話，這種時候頭會很痛。大家出去玩的時候都是如何提出邀約的？

不說這個了。

先煩惱今天的事吧。

昨天回家後，由比濱傳簡訊跟我討論買禮物的事。

集合地點在千葉站的大螢幕前面。沒有比這更好找的地方。從車站出來後，應該馬上就能找到我。反之亦然。思及此，吐出白煙的頻率也升高了。

過沒多久，由比濱從剪票口走出。她一看見我就用力揮手。

「嗨囉！」

「喔。」

「抱歉，有點遲到了！」

由比濱急忙跑過來，米色外套於空中飄揚，靴子踩得喀喀作響。衣襬搖晃的時候，隱約可以看見底下長及膝蓋的針織毛衣及牛仔褲裙。

「要去哪？」

「我想說邊逛邊挑。」

由比濱指了車站周圍一圈，邁步而出。

「那交給妳了……」

我不太清楚要幫女生買什麼禮物。這種事還是交給內行人為上。

俗話說聞道有先後，術業有專攻，凱撒的東西歸凱撒（註38）。不對，最後那句好像怪怪的……

總而言之，交給由比濱的品味應該比較好。所以我決定乖乖跟在她後面。

千葉是購物天堂。

而說到高中生的購物場所，最多人去的就是巴而可。

千葉市年輕人強大的夥伴，那就是巴而可。千葉那些時尚年輕的潮男潮女，肯定會為了衣服要去哪裡買而分成巴而可教和 **LaLaPort** 教，引發宗教戰爭。巴而可教中，千葉巴而可派和津田沼巴而可派應該也在展開醜陋的骨肉相爭戲碼。

住手！大家好好相處啊！我們不都是千葉市民嗎！雖然津田沼在習志野市！而且千葉巴而可已經不存在了！戰爭結束了！想要時髦的衣服，大家都去東京買就行了！千葉怎麼可能有時髦的東西！

我在心中高聲發表反戰宣言，由比濱指向前方。

「啊，那從C・one開始逛吧！」

C・one。我知道，是那個。一蘭進駐的購物中心。

註38　出自《新約聖經》。

一蘭這家店主打的是用木板把每個座位隔開，可以專心吃麵的味集中系統。順帶一提，這個味集中系統還有取得專利。以這個理論來說，邊緣人等於是安裝了人生集中系統。快點！得快點去申請專利！

我壓抑著胡思亂想的心，迅速移動到C・one。

商場內掛著新年特賣的宣傳廣告，店家櫛比鱗次。由於這裡是利用高架橋下的空間開設的，一條路就能通到底。氣氛比平常熱鬧不少，或許是新年清倉大特賣的關係。

購物時的由比濱更是活力十足，一面跟店員天南地北亂聊，一面挑衣服，熱烈地討論穿搭問題。

男生不可能有辦法介入其中，我跟她們隔了三步而不只一步，馬上有種嚴重的被排擠感。

「欸欸，自閉男！這件！不覺得很可愛嗎!?」

「喔，不錯啊。」

都可以啦……這句話還是別說了。

「這件春天也可以穿吧——」

由比濱東拿一件衣服西拿一件衣服，興奮不已。這不重要，我們要買的是雪之下的禮物吧？不是來買自己的東西吧？

由比濱穿著刷毛連帽外套，站在鏡子前轉圈，忙得不可開交。

我一個男生實在不敢踏進店內，決定遠遠地站在旁邊看。

這副模樣真的很少女。跟雪之下正好相反。

以前我和雪之下及小町去買由比濱的禮物時，雪之下完全沒有現代女高中生的感覺，使我大吃一驚。

……我也沒資格說人家啦。

不如說，把我和雪之下相提並論，對她來說太失禮了。

至少雪之下看起來知道自己適合穿什麼樣的衣服，對流行時尚也不是漠不關心。儘管如此，買由比濱的生日禮物時她卻陷入苦戰，或許是因為她不擅長「為人做選擇」這個行為。

那一本正經的笨拙個性，確實很符合她的形象。

問題是那位笨拙的小姐收到禮物時，會怎麼樣呢？

「我也去那邊看看。」

我離開由比濱，在周圍閒逛。邊看邊想，多少會有點靈感吧。

送雪之下禮物嗎……

要送什麼……

笨拙的雪之下小姐，簡稱笨之下小姐，真的很讓人傷腦筋啊，小笨乃。那傢伙除了興趣，喜歡的都是有實用性的東西。更正確地說，跟她的興趣有關的禮物很難買。書的話她會自己買，雪之下一個人住，所以日用品跟廚具應該也不缺。砧板也是她的基本裝備。

這是怎樣？到底該送什麼才好……

晃著晃著，我看見販售得士尼商品的店家。

我想想，強尼……她比我更熟，還是算了。

繼續往前面走，到了寵物商品區。

貓……她又沒養貓……沒養啊。幹麼不養一隻呢。雪之下住的大樓禁止養寵物嗎？送貓咪寫真集也不太適合，她感覺就有一堆……

可是去那家像飾品店的店，八成也買不到像樣的禮物……

我沉吟著在附近的店家東繞西繞，最後回到原地。

由比濱抱著幾件衣服，左右張望。

「啊，自閉男！你幹麼自己跑掉……」

她看見我，對我用力招手。

「呃，因為這種地方我待不下去……」

「為什麼？」

由比濱納悶地歪過頭。

「為什麼……因為會不好意思啊……」

「不好意思？為什麼？」

左一句為什麼右一句為什麼，妳在唱黑色餅乾的〈Timing〉嗎？那首歌只有大叔聽過啦。

不過，我想不到該如何把理由說明清楚。只能將自身的心情，或者說感受傳達出去。

「呃，因為，妳想想看……很那個對吧？兩個人在這種地方，很那個對吧……」

「什麼？我又不——」

由比濱的話並沒有講完。剛剛還在不停歪頭，眉頭緊蹙的她，臉頰瞬間浮現紅潮。

「我、我好像也開始覺得怪怪的……」

「對吧？」

不愧是比濱同學。看氣氛不如說看狀況的技能是有保障的。即使我話講得不清不楚，她還是理解了我的意思。

問題就在於，在這種兩人獨處的情況下被她看穿我的想法，更加令人害臊。

由比濱抱頭咕噥道：

「果然該邀請小町的……」

「我看很難……」

她會丟下我們自己跑不見，大概是自以為貼心……之前我跟雪之下一起去LaLaPort的時候，她也不知不覺消失了。那孩子看起來在這種時候很可靠，其實並不。

「這樣呀……也對，小町是考生。」

不，原因不在於此——我正想補充，由比濱突然抬起臉。然後握緊拳頭，為自己打氣。

「嗯，我會加油！」

「加油什麼……」

由比濱沒有理會我的疑問，不知道在沉思什麼。接著，她似乎整理好思緒了，重新拿好捧在手中的衣服，歪頭觀察我的臉色。

「我有點煩惱……自閉男，可以幫我一個忙嗎？」

「妳不介意我幫不上忙的話。」

「嗯！……不對，希望你幫上忙。」

「我會努力。」

由比濱聽了，走向店內的鏡子前面。我跟在後頭。

「我想說毛衣、針織外套可以套在襯衫外面，在學校也能穿——」

她邊說邊脫掉外套，還脫起穿在下面的毛衣。

我有種不能看的感覺，迅速移開目光。去試衣間啦……妳是覺得底下有穿衣服就無所謂嗎？我有所謂，請妳別這樣。

店裡明明有在播音樂，衣物摩擦聲卻十分明顯，由比濱的呼吸聲強行傳入耳中。

「嘿咻……怎麼樣？」

聽見聲音，我才終於敢回頭。

她身上穿著溫暖的經編毛衣。

「什麼怎麼樣……不錯啊……」

不好也不壞。很適合她。

若要說有什麼問題，這不是由比濱穿的，而是送給雪之下的禮物。雪之下穿上那件針織衫，會太寬鬆吧……嗯，那個，我不會說是哪個部位。

「是說，不用考慮雪之下的尺寸嗎？」

挑衣服的基本是穿適合自己的尺寸。要看身形還有一堆東西來挑——這是小町教的。順帶一提，我今天穿的衣服也經過Don小町的時尚檢查（註39）。我自己挑的衣服評價慘到小町彷彿在說「我要一腳踩爛它！」。不對，那是Peeco（註40）的梗。咦，還是他弟的啊？算了，不重要。

「尺寸……」

她重複這個詞，捏起腹部的肉。

「太大了，嗎……」

講這句話的時候，由比濱臉上浮現絕望。放在腹部的手還移動到上臂，表情愈來愈憂鬱。別擔心！不會太大啦！太大了，但不會太大啦！或者說不小喔！

「不是，那個，沒問題。應該說，剛剛好……」

雖然不是要為她說話，我還是語無倫次地試圖解釋。但我可疑的舉動只換來由比濱懷疑的白眼。啊——討厭！這種時候講什麼才是正確答案啦！

註39　日本服裝設計師小西良幸，以藝名「Don小西」出演節目《資訊Presenter獨家新聞！》中的時尚檢查單元。

註40　日本藝人，本名杉浦克昭。雙胞胎弟弟杉浦孝昭同樣是藝人。

「挺適合的，我覺得那件就很好。」

我好不容易擠出一句話。

「……嘿嘿，謝謝。」

由比濱總算展露笑容，脫掉針織衫，喜孜孜地摺好它。我無法直視，羞得別過頭，忽然想到。

「不過雪之下會遵守校規，不會在學校穿那個吧。」

儘管已經形同虛設，本校也是有校規的。其中當然有關於服裝的規定，毛衣和針織外套都有學校指定的款式。乖乖遵守的學生根本沒多少，所以大可不必放在心上，可是包含雪之下在內的部分好學生，都乖乖遵守那條校規。

「這樣呀。說得也是。那……」

她將毛衣抱在腋下思考著，這次來到賣圍巾、手套等小東西的區域。

逛到一半，她小聲驚呼。

「好可愛——！拿這個跟酥餅玩說不定會很有趣。」

她拿出一雙貓掌造型的連指手套，以及一雙狗臉造型的連指手套。

貓掌手套看起來就是貓的手。狗臉手套則是手背的部分是臉，還附帶耳朵，大拇指的部分是下巴。由比濱戴上它，手動來動去。

「感覺好難拿東西……」

「連指手套不都那樣。」

由比濱陷入沉思，接著像靈光一現似地抬起頭，張開握住的手。

「嘿！咬你！」

然後用狗狗手套咬住我的手。

「……開、開玩笑的。」

她試圖裝作什麼事都沒發生，瞬間滿臉通紅。既然會害羞就請妳別這麼做，我也會害羞。我輕輕從手套底下掙脫，用那隻手往臉上搧風。這家店暖氣開太強了吧。

「雖然這不是重點，那傢伙不會在外面戴那種手套吧。」

「……好像也是。」

由比濱心服口服地點頭。實際上，從雪之下平常的穿著來看，她不會戴那種明顯走可愛路線的東西。就算收到，可能也不會拿出來用……不，不一定。既然是由比濱送的禮物，她搞不好會表面冷靜實則雀躍地戴上手套。

「得找其他禮物了嗎……」

由比濱晃著貓掌手套思考，繼續挑選。

「啊，這個好像不錯。」

她從架上拿出跟貓腳很像的襪子。

「襪子啊，看起來很難穿。」

「這是室內襪啦！怎麼可能在外面穿這種襪子。」

照妳這個道理，剛才那雙手套在外面也絕對不會戴吧……

不過，經她這麼一說，我發現襪子的腳底部分黏著粉紅色肉球造型的防滑膠，似乎有防滑效果。

「在家穿的就可以不用在意別人的眼光了……你覺得呢？」

「嗯，她會很高興吧。」

無論由比濱送什麼，雪之下大概都會很高興。

送禮物的人比禮物本身更重要。就跟有的時候，說話的人會比話語的內容更重要一樣。

「好，就選這個吧。」

由比濱窸窸窣窣地整理好抱在手中的商品，走向收銀臺。剛剛的毛衣和兩雙手套也包含在內。貓掌手套妳也要送喔……

話說回來，貓掌和貓腳啊……

這裡有沒有順便賣尾巴？

×　×　×

那麼，我也必須認真挑禮物了。那家店沒賣貓尾。

於是我來到這個地方。SOGO千葉店Sen City。光看名字就有種對流行很敏感的感覺。不對，那是Sensitive，不是Sen City。

平常我都是去男裝區，今天是來買雪之下的生日禮物，目的地自然是賣女性服飾的樓層。

可是，我對穿搭不甚瞭解，便請由比濱幫忙帶路。

由比濱挑的店不只衣服，其他小東西也一應俱全。

「多逛逛就行了吧？例如手套、飾品、圍巾……還有雜貨類……」

我照她所說，跟著在店裡東看西看。

由比濱會在旁邊給我各種建議，因此店員目前沒有報警，也沒有保全人員在附近巡邏給我看。假如我是一個人進來的，店員一定會跑來問我「您在找什麼呢？」一直黏在我身邊，收銀員也會緊盯著我看。資料來源是晃到這邊過的我。我能理解男性客人單獨前來很罕見，不過那個，可不可以別那麼戒備呢……

我注意著店員的視線，在各個貨架間移動，由比濱停下腳步。貨架的POP廣告上寫著「Eyewear」。

Eyewear 是什麼鬼。給我直接寫眼鏡啦。不要什麼東西都寫成英文。不熟的話根本看不懂。Hanger 也是，寫衣架不就行了？把 Meat Sauce 寫成 Bolognese，Spaghetti 寫成 Pasta，真的是。不對，Meat Sauce 跟 Spaghetti 也是英文……日文叫什麼啊……

在我煩惱之時，由比濱拍拍我的肩膀。

回頭一看，她不知為何得意地推著眼鏡。

「哼哼，看起來是不是很聰明？」

「把眼鏡跟聰明畫上等號這個想法就夠笨了吧……」

「要你管，笨蛋。」

她悶悶不樂地說，又拿了好幾副試戴。我也跟著拿起眼鏡。

哦，類型挺多的嘛。

不只款式，功能也五花八門。有的防花粉，有的抗藍光。價格也算親民，或許是因為眼鏡開始用在矯正視力以外的目的上。

我繼續物色禮物，由比濱遞出其中一副眼鏡給我。

「啊，對了，你也戴戴看嘛。像這副。」

「咦……」

絕對會被笑……我猶豫不決，由比濱把眼鏡塞過來催促我。

「快點！」

我做好覺悟，打起幹勁戴上眼鏡。Persona……！（註41）順帶一提，比起四代我更喜歡三代，召喚時想用手槍抵著腦袋！

「大概這種感覺吧。」

我裝備眼鏡，用食指推鏡框。由比濱當場噴笑。

「好不適合！」

「要妳管……」

所以我才不想戴……我不耐煩地拿下眼鏡，由比濱又拿了另一副不同款式的眼鏡給我。

「那——接下來換……這個！」

「不要。」

「又不會怎樣。來！」

註41 梗出自《女神異聞錄4》。主角群進入異世界時會戴上眼鏡，召喚人格面具時會大喊「Persona」，三代的主角群則是用手槍對頭部開槍。

她硬把眼鏡戴到我臉上。嘖，煩死了……我將鬆鬆垮垮掛在耳朵上的眼鏡戴好，面向由比濱，打算跟她抱怨幾句。

她目瞪口呆地凝視我。

「…………」

「呃，幹麼不說話。」

妳自己要我戴的，結果又毫無反應……我看著她，示意她是不是該發表一些感想，由比濱回過神來，急忙擺手。

「啊，沒事，什麼事都沒有……沒想到，滿適合你的。」

「……謝囉。」

受到稱讚，我反而不知道該如何回應。

不過，「沒想到」嗎？

很多事情我們自認為明白，其實並不瞭解。例如平常不戴眼鏡的由比濱，戴上眼鏡比想像中還合適。

過去，雪之下懊悔地說過自己完全不瞭解由比濱。

我也一樣。

以前的我，從來沒有真的試著去瞭解。

不只雪之下，由比濱大概也包含在內。

然而，現在有那麼一點明白了。儘管離理解相去甚遠，完全稱不上理想，三個人還是一步步累積了共同相處的時光。半年多的時間根本不值一提。但我對她的瞭解，確實比當時多了那麼一些。

我所知道的雪之下雪乃……

一遇到由比濱的要求就拒絕不了，熱愛貓咪，假日會抱著強尼的抱枕用電腦看貓咪影片。

對她的瞭解比想像中還多。

既然由比濱要送她貓腳室內襪，我也送能與之搭配的東西吧。

希望她一個人度過的時光，能夠溫暖又平靜。

×　×　×

買完東西後，由於我們一直在走路，便決定找一家咖啡廳休息。去外面的星巴克也未嘗不可，可是這個時期會冷。而且我不知道星巴克要怎麼點餐，今天不太想去。

於是，我選了去過好幾次的熟店。

「這家可以嗎？」

「嗯。」

我徵詢由比濱的意見，踏進SOGO裡面的咖啡廳。這家店聽不見吵鬧的交談聲，氣氛沉穩，可能是因為開在比較裡面的位置。

「兩位。」

我告知人數，店員帶領我們來到窗邊的四人座，能將千葉的景色盡收眼底。我把靠窗的位子讓給由比濱，看著她背後的千葉站。

這個位子還看得見正在行駛的單軌電車，有種千葉發展得超快的感覺。千葉真是未來都市。

我的視線隨著單軌電車移動，與坐在斜對面的人四目相交。

「哎呀，是比企谷。」

那個人背對窗戶，坐在沙發上。

她身穿綴有荷葉邊的白底襯衫，胸前戴著一條金項鍊。光彩奪目，有如室外的燈光通通集中在她一人身上，帶著笑意的雙眸卻是比夜空更加深沉的黑。雪之下陽乃重新披好鮮紅色的披肩，彷彿要將那互相矛盾的印象包覆住，呼喚我的名字。

聽見她的聲音，由比濱也望向旁邊，驚訝地叫出她的名字。

「陽乃姊姊……和——」

由比濱的視線移向前方。坐在那邊的男子穿著不白不黑的灰色針織衫，以及深藍色夾克。接近淡金色的棕髮下是略顯驚訝的眼神，不過，葉山隼人依然露出笑容。

「隼人同學？」

「……嗨。」

他輕輕抬手，簡短向我們打了聲招呼，袖口露出散發銀色微光的手錶。

一年之計在於元旦。

我強烈感受到，覺得今年可能會波瀾四起的不祥預感完美命中了。

10 雪之下陽乃有所企圖。

咖啡廳裡輕柔的爵士樂，如今顯得特別大聲。這個音量，平常我應該不會在意。然而，不久前我一直在百貨公司裡聽著「叮……咚咚咚叮！鏘～」那類的新年風音樂，跟爵士樂形成反差，害我不停去注意店內的背景音樂，入座後仍舊坐立不安。

飄來飄去的視線於桌上游移，落在旁邊及對面的人身上。由於這是四人座，坐在我對面的是面帶困惑微笑的由比濱。

困惑的理由就在她旁邊。

雪之下陽乃笑容可掬，和由比濱有點僵硬的微笑形成反差。

陽乃跟我們巧遇後，簡單祝賀了幾句新年快樂，然後就迅速移動到我們這一桌。

「好像很久沒見到比企谷和比濱妹妹了耶。」

「啊，對呀！超巧的！」

「對吧——」

「對呀——！」

兩人面帶笑容，感情很好的樣子，但怎麼看都是在配合對方裝模作樣，聽著這段對話，我冷汗直流。

為何會演變成這種情況……我膽顫心驚地不停往斜對面偷瞄。與我目光交會的陽乃發出意味深長的笑聲，緩緩瞇起眼睛。她的眼神有如看準獵物的野獸，在開了暖氣的店內令我不寒而慄。

我將視線從由比濱和陽乃身上移開，前方是跟我一樣面帶困惑笑容的葉山隼人。葉山對兩位女性的對話做出安全的回應，同時迅速點好餐點。討厭……貼心的男生好迷人……

我也做點雜事消磨時間就行對吧！懂了！我對他感到佩服。總之來用溼紙巾摺紙鶴或兔子，打發時間吧……我放空大腦，把玩著溼紙巾，前方傳來散發危險氣息的對話。

「約會啊——可惡可惡！你們感情還是一樣好耶。雪乃沒一起來嗎？」

陽乃用手肘輕戳帶著苦笑的由比濱。

「啊，今天我們是來買小雪乃的禮物……」

「啊——那孩子生日快到了……這樣呀，原來如此。」

她點著頭聽由比濱說話，拿出手機，不知道要打電話給誰。

葉山看了微微一笑，委婉地說：

「……她不會接吧。她不是說不來嗎？」

「是沒錯。不過不好說喲？說不定她會改變主意。」

陽乃將手機貼在耳朵上，瞇起眼睛。我無法看穿她眼底的真意，但我總覺得她似乎樂在其中。

「嗯——只要接了電話，她應該就會來的說……就不能接一下嗎……姊姊好難過。」

陽乃一面假哭一面碎碎念，沒有要放棄的意思。她仔細端詳手機，鼓起幹勁說道「再一次」，繼續撥打電話。

由比濱一頭霧水地看著她。葉山大概是看出了她的疑惑，壓低音量開口。

「每年年初我們都會去拜年，之後我的家人跟陽乃姊他們要一起吃飯。現在在等

爸媽過來。」

「哦~原來。拜年聽起來好辛苦。」

「也不會，我習慣了。」

由比濱感嘆道，葉山點了下頭。實際上，以葉山的社交能力，不如說做表面工夫的能力來說，他八成真的很習慣那種事。交際手腕除了本人的天分，也會受到經驗的影響。考慮到葉山在學校的立場，以及雙親的工作性質，站到人前的機會肯定不會少。

反觀我。

在學校經常遭受眾人的唾棄，卻從未有過主動站到人前的機會，至於家人的人際關係，我連跟親戚都沒辦法好好打招呼。

因此，葉山說的「等爸媽過來」，就我聽來有那麼一絲異樣感。

「我說……」

我煩惱了一下要如何稱呼葉山，最後沒有叫他的名字，而是用手指敲擊桌面呼喚他。葉山轉頭看過來，並未回答，單憑視線催促我說下去。

「既然如此，我們就改去其他地方囉。不然很那個吧，會礙到你們吧。」

「……啊，說得也是。」

由比濱明白我想表達的意思，點頭贊同。葉山搖搖頭，露出令人放心的笑容。

「不必介意。我反而覺得有人能陪她消磨時間，陽乃姊也很高興。」

他瞄了陽乃一眼。陽乃的手機還貼在耳朵上，不過她好像有在聽我們說話，靜靜點頭。葉山見狀，重新面向我們。

「對吧？不用想那麼多。」

葉山徵求我的同意，我卻不以為然。

「不是，這樣很那個耶。突然要跟你爸媽見面，超尷尬的。」

我們本來就只是因為巧遇才坐在同一桌。一下子要我和他的父母打招呼，有點傷腦筋。這樣人家會緊張可以一步步慢慢來嗎對不起。我想著很有伊呂波風格的臺詞說道，坐在斜對面的陽乃放下手機，面露不解。

「幹麼顧慮這個。」

「怎麼可能不顧慮……」

我跟葉山又不熟，見他父母是哪門子的懲罰遊戲……

聽見我的回答，陽乃瞇眼盯著我。

「是喔……」

她一副興致缺缺的模樣，接著忽然想到什麼，又開始打電話。對象當然是雪之下吧。

微弱的回鈴音於安靜的店內響起。

然而，雪之下始終沒有接聽，每當轉接到語音信箱，陽乃都會重打一遍。

喂喂，妳還要繼續打啊……這人是平塚老師嗎？討厭，好可怕。從恩師身上繼承這種缺點沒問題嗎——換成我是會直接關機的喔。

我驚恐地看著她，這段期間，陽乃又打了兩、三通電話。

「……哦？」

看來終於接通了。陽乃輕聲驚呼。驚訝的情緒脫口而出，嘴角微微揚起。

聽筒傳出不耐煩的聲音。

『喂……』

跟雪之下有點無精打采的聲音成對比，陽乃的語氣輕快明亮。

「啊，雪乃？是姊姊喔——妳方便出來一趟嗎？」

『我要掛了……』

好快！這麼快就想掛電話，在旁邊聽的由比濱和葉山都露出苦笑。

可是，陽乃疑似已經習慣這種反應，沒有一絲動搖，語帶調侃地接著說：

「咦——？這樣好嗎——？」

『……什麼？』

陽乃面露奸笑。

「其實呀，我跟比企谷在一起喔——！」

『又在撒無聊的謊……妳夠了。』

「比企谷，拿去。」

話才剛說完，陽乃就把手機塞給我。

「呃，咦？」

我看看手中的手機再看看陽乃，她把手藏在後面裝傻，沒有要接過手機的意思。聽筒傳來雪之下呼喚陽乃的聲音。沒辦法，還是接一下吧……

「啊……喂。」

我不知道該講什麼，總之先這麼說。感覺得到雪之下在電話另一端啞口無言。

經過短暫的沉默，她嘆了口氣。

『唉，頭好痛……你為什麼在那裡？』

我才想問咧。明明只是出來買東西……

「偶爾出門一趟，然後就被逮到了……」

我瞪向那名元凶，試圖說明，卻被第二次的嘆氣聲打斷。

『算了。我馬上過去，叫妳妹妹聽吧。』

「……好的，對不起。」

我不知為何反射性道歉。

用溼紙巾擦過螢幕後，我將手機還給陽乃，陽乃簡短地告訴雪之下這家店的位置，掛斷電話。

「雪乃說她要來。」

她帶著滿足的微笑，我和由比濱只能苦笑。這人怎麼那麼強硬……不對，我早知道她是這種個性，可是很久沒有親眼見識到了，真的很嚇人。

唯有葉山隼人不動如山地嘆出一口無奈的氣。

理解並習慣雪之下陽乃這種個性的人，恐怕只有他一個。不，或許是放棄掙扎了。葉山那抹淡淡的苦笑，應該不是一朝一夕的產物。

「對了，妳買了什麼禮物？」

陽乃收起手機，逼近跟她坐在同一側的由比濱。由比濱畏畏縮縮地拿起袋子。

「那個……我買的是室內襪……」

「喔──現在這個時期地板超冰的。」

「真的！我之前去小雪乃家的時候，就覺得地板有點冰。」

「我懂，我也很怕冷。」

對於這種少女的話題，我和葉山兩個男人沒什麼好說的，只是坐在旁邊聽。

不過，葉山似乎覺得很無聊，小聲地咕噥道。

「生日禮物啊……」

他往我這邊一瞥。

「你買了什麼？」

「就一點小東西。」

「是嗎？」

他並未繼續追究，默默移開視線。

之後，葉山繼續傾聽陽乃和由比濱的對話，不時附和幾句。拿著杯子的那隻手上，手錶的秒針在緩緩移動。

我一直看著它。

指針始終按照同樣的節奏前進，沒有失準，僅僅是走在固定的路線上。繞了一圈又一圈，回到同樣的地方，展露一如往常的相貌。儘管如此，絕對不是相同的。

就算秒針不變，周圍的數字所顯示的時間仍在持續變化。

看著禮物的陽乃忽然開口。

「我要不要也久違地送她什麼呢──」

她的視線往旁邊移動。

「對吧？隼人。」

「……是啊。」

葉山聳了下肩膀，望向窗外。他所注視的，想必不是街燈。

我跟著望向倒映在玻璃窗上的葉山，腦中忽然被「不曉得他以前送過什麼」這個疑問占滿。

× × ×

令人如坐針氈的時間一分一秒流逝。

陽乃打電話給雪之下後，過了約三十分鐘。

從那棟大樓過來，推測得再花一些時間。叫人出來的那一方可不能自己先回去。快來啊──！悟空──！（註42）否則我不能回家──！

小口喝著的咖啡早已見底，本來在冒煙的紅茶也整壺涼掉了。

註42《七龍珠》中克林的臺詞。

不只我，由比濱也有點焦慮的樣子，心神不寧地頻頻往店門口看。

只有坐在前面的兩人從容不迫。

陽乃好像在用手機查東西，每打開一個視窗就拿給坐在旁邊的葉山看。

「啊，這個呢？」

「不錯啊？挺可愛的。」

他露出爽朗的微笑回答，陽乃嗤之以鼻。

「這種回答很有你的風格。」

葉山聽了微微聳肩，看起來很為難。雖然不曉得陽乃在針對何事詢問他的意見，我認為那個回答十分安全。不過，嗯，確實頗有葉山的風格。

明明是她自己要問的，陽乃卻對葉山的回答失去興趣，探出身子將手機拿到我面前。

顯示於螢幕上的是一件睡衣。柔和的粉色系搭配宛如甜點的毛茸茸質感，實在很可愛。旁邊的由比濱瞄到那個畫面也小聲地說：「啊，好可愛——」

看來陽乃一直在查的就是這個。從她剛才說過的話判斷，大概是要給雪之下的禮物。

「欸，比企谷，你覺得呢？」

她站起來把手肘撐在桌面上，輕輕搖晃上半身，凝視我的臉。

呃，妳問我我也不知道該如何回答，怎麼說呢，眼睛真不知道往哪擺……遮一下胸部啦！還有妳的臉靠好近！傷腦筋！現在可不是看手機螢幕的時候，如果這是格鬥遊戲，我瞬間就會輸掉。

「不錯啊，挺可愛的。」

我下意識別過頭。

「那種帶有諷刺意味的回答，很符合你的個性。」

陽乃揚起嘴角，坐回沙發上，似乎心滿意足了。她說著「那要不要就選這個呢」，又開始滑手機。

剛才的對話莫名令人疲憊……

我長嘆一口氣，閉上眼睛。

垂著頭休息了一會兒，由比濱不曉得注意到什麼，輕輕「啊」了聲。

我猛然抬頭，跟著看過去，發現快步往這邊走來的雪之下。

「小雪乃，這裡這裡。」

由比濱邊說邊揮手，雪之下也看見她了，走到我們的位子旁邊。

「由比濱同學……原來妳也在。」

她一臉驚訝。畢竟我們在電話裡沒跟她提到嘛。

「對呀。那個……怎麼說呢，我跟自閉男一起出來買東西，然後就被捕獲了……」

她心虛地笑著，撥弄頭上的丸子。

她似乎在煩惱該不該說是來買雪之下的生日禮物的，講話有點支支吾吾。

「買東西……是、是嗎……」

雪之下聞言，對由比濱和我投以疑惑的目光。由比濱被那看似在懷疑什麼的眼神震懾住，不停偷看我和雪之下。

交錯的只有視線，沒有對話。儘管只有短短幾秒鐘，我們之間籠罩著一陣沉默。

其他客人的交談聲、咖啡及杯碟的碰撞聲、柔和的音樂聲、店員的腳步聲、陽乃的輕笑聲。

雜音那麼多，靜寂卻顯得格外刺耳。

「先坐下來吧？」

打破沉默的是葉山。由比濱彷彿被這句話彈開，從沙發上站起來。

「啊，坐這坐這。」

她在自己身旁空出一人份的空間，邀請雪之下入座。

「嗯、嗯……謝謝。」

雪之下也乖乖回應，脫掉外套，簡單摺起，將它夾在腋下後才坐下。然後向由比濱低頭致歉。

「對不起，姊姊給妳添麻煩了。」

「不會啦。」

由比濱爽快地擺手回答，雪之下鬆了口氣。她面向我，像在觀察我的表情般抬起視線看著我。

「比企谷同學也是，那個……」

「沒差。反正我很閒。」

事實上，我並沒有在買完東西後安排其他行程。

不如說可以不用跟由比濱單獨相處，或許更輕鬆。可是，現在的狀況其實也不一定比較好。

罪魁禍首正帶著挑釁的笑容，以戲謔的語氣跟雪之下搭話。

「雪乃，妳好慢喔。」

「突然叫人出來，虧妳有臉講得出這種話……」

雪之下斜眼瞪向她，陽乃則根本不當一回事。夾在中間的由比濱面露苦笑。大亂鬥！可不可以請雪之下姊妹手下留情……

「別這樣，雪乃好像也是趕過來的……」

能夠緩和緊繃氣氛的爽朗熟悉聲音傳入耳中。那陌生的稱呼使我下意識轉過頭。聲音的主人葉山隼人一臉說錯話的樣子，皺起眉頭，馬上扯出微笑，試圖掩飾過去。

「…………」

雪之下可能是嚇到了，一語不發看著葉山，葉山聳聳肩膀。

「雪之下同學要喝什麼？」

「……紅茶。」

葉山迅速點完餐，等紅茶送上桌後，陽乃輕輕吐了口氣。

「很久沒有一起喝茶了耶。」

「是啊。」

「…………」

葉山點頭肯定，雪之下卻拿著杯子閉著眼睛。場面一陷入沉默，由比濱就像要接續對話似地開口說道：

「啊，那個……隼人同學以前就認識妳們了嘛。」

「對對對。隼人家只有一個男生對不對？所以我們以前真是備受寵愛。對吧，雪乃。」

「我不覺得。」

「哪有。不只我的父母，大家都很疼她們。」

就算陽乃丟球給她，葉山微笑著回話，雪之下的態度仍未改變。陽乃卻沒有放在心上，靜靜望向遠方。

「好懷念喔……小時候父母一有事要忙，就是由我照顧他們兩個。」

雪之下立刻皺眉。

「那叫抓著我們到處跑吧，造成我很大的困擾。」

她將茶杯放到碟子上，對陽乃投以平靜的聲音及冰冷的視線。葉山對這句話做出回應。

「啊──例如去動物園那次……我們在遊樂園區被整得好慘……」

「還有臨海公園那次。有時把我們扔在原地，有時一直搖晃摩天輪……」

葉山和雪之下都神情憂鬱，大概是在回憶那段波瀾四起的時光。只有陽乃自己一個人愉悅地點著頭。

「啊──的確發生過那種事。雪乃大部分的時候都會哭出來。」

「妳……不要偽造記憶。」

「才沒有——對不對？隼人。」

「啊哈哈……我不知道耶。」

陽乃開啟話題，葉山微笑著答腔，雪之下默默點頭。

看著在緬懷過去的三人，我忽然體會到。

一點一滴累積起來的時間確實存在於此，旁人想必無法碰觸那些回憶。

連由比濱都無法加入三人的對話，更遑論是我。

我不知道他們以前是什麼樣的關係。知道了也沒意義。

我能做的只有不時拿起苦澀的咖啡喝，心不在焉地聽他們繼續談論往事，隨口應聲。還有想像。

忘記是在什麼時候了，有人問過我。

如果我和他們念同一間小學，情況會是如何？

當時我是怎麼回答的？

在我沉浸於回憶及思考中的時候，放下茶杯的聲音伴隨嘆息聲響起。

我望向聲音來源，陽乃撐著臉頰，用不帶溫度的眼神注視葉山及雪之下。

「你們以前很可愛的說……現在……感覺好無趣。」

美豔的紅唇吐出的卻是冰冷的話語。看見那抹寒冷如冰的微笑，我們全部說不出話。

雪之下放在桌上的手微微握拳，葉山咬緊牙關移開視線。由比濱不知所措地瞥了我一眼。

沉默降臨，接著，陽乃笑了出來。

「不過現在有比企谷在。疼比企谷就行了……」

聽見這句話的瞬間，背脊竄起一股寒意。由下往上盯著我的雙眼暗淡無光。

「呃，我對於那種走運動社團路線的疼愛方式有點……」

我盡量不看她的臉，以免被黑暗的瞳眸吸進去。陽乃輕笑出聲。

「就是這種地方會讓人想疼愛你。乖乖乖，八幡好乖喔。」

她伸長手臂想摸我的頭。

我側身閃開那隻手。

「哎呀，逃走了。」

她笑咪咪的模樣，儼然是個親切的大姊姊。年長的美女對自己微笑可不是常有的經驗，感覺並不壞。

甚至覺得，即使那抹笑容是裝出來的也無妨。

一色伊呂波就是最好的例子，人人都有想讓自己顯得可愛的另一面，沒什麼好怕的。

我害怕的是，雪之下陽乃將潛伏於另一面的不明存在展現出來。

不過，陽乃現在好像不打算多說什麼，笑容滿面地開啟截然不同的話題。

「說到運動社團，學校馬上就要舉辦馬拉松大賽了吧？」

「啊，是的。在月底。」

由比濱回答，陽乃露出有點驚訝的表情。

「哦，今年不是辦在二月呀。」

「顧問說要配合行事曆，稍微提前一些。」

葉山若無其事地帶著柔和的笑容回應，語氣平靜。

雪之下則面帶愁容，嗯。畢竟這傢伙體力不好……感覺就很不擅長馬拉松。

總而言之，現場的氣氛又恢復輕鬆了。

這樣是很好沒錯，然而這四個人有說有笑的畫面，實在很引人注目。絕不高調，卻魅力十足。

這些人超顯眼的……

我一直有種有人站在門口偷看這邊的感覺。

原因除了現在有點吵以外，四人都外貌出眾。是在路上看見，目光會忍不住飄過去的類型。

拜他們所賜，我的存在感變得更低了。我是影子……但是光愈強，影子就愈深，更能襯托出光芒的白……（註43）

我無事可做，便決定當個徹頭徹尾的黑子。是說「當個徹頭徹尾的黑子」這句話，整個會讓人聯想到黑柳徹子（註44）耶。

我沒有加入對話，化為只會把咖啡拿到嘴邊的機器，結果那杯咖啡也被我喝得一乾二淨。

時機正好，拿這當理由就能巧妙地離開了。

「抱歉，我離開一下……」

我簡短告訴其他人，迅速起身離席。

並不是有事要做。

只不過一般情況下，在這種咖啡廳或餐廳吃飯時，只要說「我離開一下……」大部分的人都會理解成要去廁所。通常不會受到阻礙，能夠極為自然地離開座位。

註43《黑子的籃球》中主角黑子哲也的臺詞。

註44 日本女藝人。

因此跟人見面的時候，才會選擇茶、咖啡、酒類等有利尿作用的飲料喝吧。

也就是說，茶、咖啡、酒具有緩和氣氛，或者讓氣氛煥然一新的效果。

打個比方，就算跟討厭的人在聚會上同桌，也能拿上廁所當理由離席，回來時面不改色地坐到另一桌。從現在開始幫茶或咖啡加上「傳統社交飲料！」之類的神祕廣告詞，會不會大賣特賣？答案是不會。

我想著這種無聊的事，走向店外，身後傳來恐怖的一句話。

「啊，我也有點事。」

語氣輕快明亮，卻有種刻意裝出來的做作感。噠噠噠的跑步聲接著傳來，我的肩膀立刻被拍了一下。

……回頭一看，是她。（註45）

「陪姊姊一下啦。不會花你太多時間的。」

雪之下陽乃歪過頭，像在玩弄我似地微微一笑。

「呃，我有點事……」

我帶著僵硬的笑容委婉拒絕，維持被她搭著肩的狀態一步步往店外移動。照這個速度應該逃得掉！

註45　日劇《活得比你好》的日文片名。

才剛這麼想，放在肩上的手就直接往下移，勾住我的手臂。

「有什麼關係，你好冷淡喔……八幡，跟我約會吧。」

她突然把我拽過去，在我耳邊輕聲呢喃。

是誘惑，也是威脅。

我當場僵住，無法抵抗，被她拉著手臂離開。

11 雪之下姊妹的關係，永遠無法揣測。

離開咖啡廳後過沒多久。

我在走到電扶梯附近時，輕輕抽出一直被她勾著的手臂，詢問陽乃。

「……那個，妳要去哪裡？」

由於我上一秒還跟她勾著手，即使講出這種普通的臺詞，還是會忍不住在意。甚至覺得剛才那句呢喃依然伴隨甜美的香氣，殘留在耳邊。

害我嘴巴在跟她說話，卻不敢正視她。僅僅是聽著陽乃輕快的腳步聲，跟在她後面。

陽乃停下腳步，稍微轉過上半身，盯著我的臉愉快地笑了。

「我不是說了嗎？只是要你陪我買個東西。」

「不，妳沒說……」

……妳明明說要約會！約會！嘿，妳們這些女生！可不可以不要玩弄純情少年的心靈！

然而，現在才跟陽乃抗議也改變不了什麼。她已經哼著歌，意氣風發地跳到電扶梯上，將我說的話置若罔聞。

她原地轉了圈。裙襬於空中飄揚，又緩緩落下。我看得出神，陽乃隨即招手叫我過去。

「我已經想好要買什麼了，真的不會花太多時間。」

臉上的笑容及意外淘氣的動作，少女得令人感覺不到她是比我年長的女性。

其實面對這個人的時候一秒都不容鬆懈，可是看見那種表情，我一直以來對她抱持的恐懼心便減輕了一些。

「不是那個問題……」

我錯愕地回答，跟著她站上電扶梯。

往下的電扶梯緩慢移動，最後抵達樓下。

陽乃直接跳下去，毫不猶豫地前進。

新年第一天開張，導致店裡人滿為患，陽乃走過的路上，人潮卻會自動往兩旁分散。這人是摩西嗎？

好吧，可以理解那些人忍不住讓路的心情。我也一樣，如果陽乃這種美女散發著耀眼光芒走在街上，我八成會不自覺地走到陰影處，為她讓路。或者放慢步調，致力於保養眼睛。但我現在窺見了雪之下陽乃黑暗面的一角，所以不會幹這種事。

美麗是一種氣勢，是威嚇。再加上自信的話可謂如魚得水，如虎添翼，如水手服配機關槍。與之相對的人會畏縮很正常。

或許就是因為這樣，雪之下陽乃才經常獨處。

應該不是沒朋友……大概。

我對陽乃的交友關係一概不知，關於這方面，我超主觀的感想是她看起來就沒朋友，搞不好我還是跟她最要好的人。

不過，從一些蛛絲馬跡可以看出，她確實有稱得上朋友的存在。

仔細回想就會發現，第一次見面時她跟朋友在一起，在甜甜圈店撞見她的時候也是在等朋友來。過去是她的恩師的平塚老師也說過，她在學校人脈很廣。

儘管如此。

她似乎喜歡孤獨。

外表、才能，還有家世。將一般人渴望的事物全握在手中，卻仍然想得到孤獨的模樣，和我以前嚮往的孤高的生活方式十分相似。

和我以前誤會過的雪之下雪乃的生活方式十分相似。

所以，我在陽乃身上看見的這個幻想，恐怕也錯得離譜。

因為她雖然喜歡孤獨，卻絕對沒有在追求孤獨。

證據就是對妹妹雪之下雪乃的執著。

今天拚命打電話給她的偏執行為也好，動不動就愛鬧她的態度也罷，雪之下無疑是陽乃無法無視的存在。

換言之，那是她由衷渴望雪之下這個人的佐證，同時也是她並不追求孤獨的證據。

至於陽乃對她如此執著的原因，我自然不得而知。以單純的家族愛、姊妹愛來說，有點太超過了。

我也有個妹妹，可是刻意跑去鬧人家，干涉對方的私生活，這種事我是不會……會做。嗯，會做。

小町在家的話，我有事沒事就會去鬧她一下，也會在她念書時從旁插嘴，試圖排除接近她的蒼蠅。非常普遍。那就是兄妹！

意思是姊妹也會這樣囉……咦──？那陽乃的所作所為很正常嘛？

我陷入沉思，眉頭深鎖，看著走在前面的陽乃，她突然駐足。

「就是這裡。」

陽乃指向一家店。

在以女性為主要客群的樓層中，那家店色調柔和，散發輕飄飄的夢幻氣息，十分吸睛。我大略掃過店內的商品，好像是賣居家服及沐浴用品類的。

稍微看了下，有居家服、室內襪、毛毯、浴袍、睡袍、髮帶……全是冰淇淋、甜點之類的可愛造型，店裡充滿女性客人。

實在不是我這種人可以踏進去的地方。

「…………那個，我在外面等。」

店內的氣氛使我心生畏懼，頭皮出汗，陽乃聽了，臉上浮現笑容。

「嘿咻。」

她推了我的背一下。

我一個不穩，踏出一步，跨越店內與店外的那條界線。

……啊啊，這是店員會帶著僵硬的笑容詢問「請問您在找什麼呢──？」對我加以威嚇的展開。

碰到這種情況，我會不知道該如何回答，只能像知名女星一樣回答「沒有，沒什麼……」，對沒辦法好好跟人對話的自己感到厭惡，冷汗直流。看到我在冒汗，店員會懷著80％的驚恐與20％的溫柔問我「哇！您流好多汗喔！暖氣開得太強了嗎？」並拿出衛生紙，對方貼心的舉動及自己嚇到人的事實，導致冷汗愈冒愈多。拜託了這份溫柔可不可以控制在跟普拿疼的藥效一樣溫和的等級？這是我此刻的心情。

然而，這種事男生——應該說陰沉的人才會擔心。女性本來就是主要客群，沒什麼好顧忌的。有女朋友或常出去玩的男性，來這種地方應該也不會緊張。

不意外的是，陽乃熟練地走進店內，神色自若。

我發出如同海獅的啊嗚啊嗚聲，看著陽乃的身影。那可疑的行為別說海獅了，根本是牙牙學語的嬰兒。

我杵在原地，陽乃大概是在想我怎麼一直沒跟上去，回過頭。她面露疑惑了一瞬間，立刻察覺到我在顧慮什麼。

「不用想那麼多，這裡也有賣男裝。」

她站到我旁邊，拉住我的手。

人家都做到這個地步了，我可不能再裹足不前。不如說跟陽乃靠這麼近更加羞恥。

我抽出被陽乃抓住的手臂，跟小鹿斑比似地戰戰兢兢跟在後面。

嗚嗚嗚……客人全是女性，好恐怖……

我將隱身技能開到最大，盡量避免被其他人注意到，陽乃哼著歌挑選居家服，拿起其中一套。然後突然轉身，將衣服放在身前給我看。

「你看你看，這件衣服毛茸茸的。」

她的語氣及愉快的微笑顯得比平常更加孩子氣，我有點驚訝。

「……因為它用的就是那種材質。」

我們一面聊天，一面在店內閒逛。

我不喜歡待在這樣的空間，所以動作有點提心吊膽的。

陽乃卻固定跟我保持一步半左右的距離，不時跟我搭話，託她的福，我不太會覺得不自在。不對，跟陽乃待在一起就已經稱不上自在。

可是，不會被周圍的女性客人和店員投以警戒的目光，這一點值得慶幸。

我們來到販售顏色比較不一樣的服裝的區域時，陽乃隨手拿起一件衣服。

「啊，你看。這件是男裝。」

她手中的是灰白粗條紋的連帽居家服，同樣毛茸茸的。繩子上還附帶兩顆毛球，非常可愛。

我勉為其難地接過她遞給我的那件衣服，拿起來看。價格牌從裡面掉出來，驚人的數字映入眼簾。

「……好貴。咦，好貴！……好貴啊。」

我忍不住看了兩次價格。還下意識看了第三次。為什麼區區一件睡衣要賣到五位數……夏天一件T恤一件短褲，冬天穿運動服就夠啦……

時尚業界的黑暗面令我為之戰慄，陽乃噗哧一笑。

「畢竟你是男生，對這種東西沒什麼興趣吧。不過這裡的男裝評價不錯喔。你要不要也穿穿看？」

「咦……」

我試著想像自己穿上那件可愛時髦的居家服，不禁發出不甘願的聲音。

嗚嗚嗚……人家絕對不適合這種可愛的衣服啦……

那件衣服是居家服，又不是要穿給別人看的，適不適合根本不重要，但有個更嚴重的問題。

我心中的高二魂在吶喊。穿這種女生喜歡的名牌男裝，感覺像在努力吸引女生拿這件衣服來調侃你，順利的話說不定還會變得比較受歡迎，超遜的！看到那種異常瞭解女裝品牌的輕浮男，會有種「這傢伙是怎樣？」的感覺對吧！

不曉得在針對何人的恨意似乎反映在臉上。看見我的表情，陽乃笑了出來。

「你這種時候臉真的好臭。好佩服你。」

「我是個老實人，不小心就——」

「那就跟我一樣囉。」

我臉不紅氣不喘，陽乃也面不改色地回答。與我四目相交時，她露出勾人的笑容，在我耳邊悄聲說道：

「可是，不覺得成對的衣服有點可愛嗎？……如何呀？」

她的聲音有股魔力，吹在脖子上的氣息甜美撩人。我很清楚她在玩弄我，臉頰卻擅自發燙，害我連斜眼看她的表情都不敢。

陽乃盡情欣賞了我的反應一番，笑著補充：

「跟雪乃一對的♪」

拜那輕快的語氣所賜，我的身體解除僵硬狀態，挖苦人的話語和無奈的嘆息一同脫口而出。

「比起跟我穿，姊妹一起穿更能營造出可愛的感覺吧。」

「做得太超過會有反效果，維持現狀就夠了。」

我酸了她一句，陽乃似乎連這都早有預料，立刻反擊。明明是無聊的對話，陽乃卻樂在其中，眼中亮起凶狠的光芒。討厭，我果然有點不擅長應付這個人……

然而，她的眼神忽然蒙上悲傷的色彩。

「……我們以前是滿常穿成對的衣服啦——」

這句輕聲細語，有如在懷念往昔。

「……真意外。」

因此，我誠實地說出感想。

「……還好吧。就只是家人買給我們的，沒什麼好奇怪。」

不久前還掛在臉上的微笑消失不見，陽乃僅僅是瞇起眼睛，瞥了手中的居家服一眼。

令我意外的，不是雪之下姊妹曾經穿過成對的衣服。連我都被迫穿過跟小町成對的衣服。可以想像有的父母會有那種嗜好，做為興趣——不如說樂趣之一，何況是這對美人姊妹。想看她們手牽手穿著同樣的衣服，再正常不過。

所以，我意外的不是這個。

而是雪之下陽乃的口吻。

像在緬懷過去的口吻傳達出的不只溫柔，還隱藏著其他情緒。

若要我打個比方，或許類似寂寥。她的語氣給人一種距離感，彷彿明白那是再也無法觸及、無法挽回之物。

為何我會從她的聲音中，聽出絕望的距離感？原因無從得知。只是隱約有這種感覺。這個人至今依然超出我的理解範圍。恐怕我永遠理解不了她就是了。

我連自己身邊的人都不甚瞭解。想瞭解允許別人走近身邊，卻絕不容許他人踏進心中的雪之下陽乃，可謂難如登天。

此時此刻，她也一副不知道我在想什麼的樣子，翻著陳列於架上的衣服。

「嗯——還是這件吧。」

她邊說邊拿出一件居家服，套在白襯衫外面。

毛茸茸的淺灰色衣服上，與之形成對比的淡粉色圓點分散於各處。陽乃輕輕揪住那件衣服的領口，把嘴巴埋進去，由下往上看著我。

「好看嗎？」

「……不太符合令妹的風格。不過可以啦。還不錯。」

陽乃鼓起臉頰瞪著我。這人還做得出這種裝可愛的舉動啊？喂喂喂，妳的強化外骨骼性能未免太優秀了……即使知道妳的本性，仍然會不小心被騙，還會被騙得心甘情願。

「我問的是我穿起來好不好看。再說，這件衣服跟雪乃的尺寸又不合。」

陽乃輕輕撫摸自己的胸部。

比任何言詞都還要有說服力的，是雪之下姊妹決定性的差異。不愧是小陽乃，竟然講得出如此殘酷的話。令妹也有點在意喔！請妳絕對不要對她說！跟大哥哥約好囉！

可是，既然她詢問我的感想，我就回應她的需求吧。畢竟她大概就是為了這個拖我來的。

「……那有什麼好問的。」

從我口中說出的，卻是這樣一句話。

老實說，單論外表的話，雪之下陽乃這個人可以說完美無缺。因此用不著多問，剛才她試穿給我看的模樣，以及突如其來的可愛舉動，通通魅力十足。

傷腦筋的是——

她默默等待我說下去，暗示我光那句話還不夠，連那倔強的眼神都很有魅力。她的雙眼在對我施壓，叫我把話說清楚。

「……我、我覺得，很適合妳。」

被人直盯著看，導致我害羞得移開目光，結結巴巴地回答，陽乃滿意地點頭。

「嗯，很好。那這件也買了。」

陽乃迅速脫下剛才試穿的衣服，俐落地摺好。再拎起掛在附近，款式相同的純白衣服。

「我去結帳囉。」

話才剛說完，她就快步走向收銀臺。

結果，由於失去了保護我不受其他女性客人及店員側目的小陽乃防護罩，我決定盡快移動到男裝區。這裡還勉強待得下去……

我在那不經意地看見剛才陽乃拿起來看的居家服的男裝版。

哦……這件是黑底的啊……哦……原來如此……哦……同樣的款式，換個顏色感覺就不一樣了……哦……這樣的話，穿在我身上說不定也不會那麼奇怪……哦……原來如此……

在我把手伸向那件毛茸茸居家服的瞬間。

「久等了——」

背後傳來明亮的聲音。我高速將停在空中的手收進口袋。

「好快。」

我故作鎮定，轉頭一看，陽乃的表情帶著些許愧疚。

「不好意思，店員說得花一些時間包裝。」

她指向店外，這層樓的角落有塊類似休息區的空間，放著幾張椅子。意思是要在那裡等到禮物包裝好吧。陽乃抱好買給自己穿的另一袋衣服，走向那邊的椅子。

一旦她離開，我就會失去在這家店的容身之處。除了乖乖跟著她以外別無他法。

我隔著一張椅子，坐在陽乃旁邊。

她打開紙袋，哼著歌檢查剛為自己買下的衣服，滿足地看著它說：

「那你呢？選好了嗎？」

「什麼？喔……禮物我已經買好了。」

突如其來的問題令我感到疑惑，從之前的對話內容推測，她問的應該是雪之下的生日禮物。

然而，陽乃像在嘲笑我似地嘆了口氣，轉頭凝視我。那緩慢的動作，宛如抬起頭的蛇。

「不是，我是在說你們幾個。」

我瞬間無法呼吸。

緊盯著我的視線彷彿要纏在心臟上，無法掙脫，黑色瞳眸清澈如水，卻深不見底。

要是隨便詢問那個問題的真意，要求她解釋她想表達什麼意思，將會得到無法逃避的答案。

既然如此，我能做的只有一件事。

我揚起嘴角，吐出卡在喉嚨深處的空氣。

「……什麼叫『你們幾個』。團體行動的時候，我不太會提出自己的意見。因為我這人很低調。」

「我挺喜歡這種迴避問題的方式。」

陽乃露出迷人的笑容。

氣氛稍微緩和了一些。

但她的眼神依舊黑暗，告訴我這段時間尚未結束。

「……我是無所謂。不過，你也不認為會繼續風平浪靜下去吧？太不自然了。」

這番話十分抽象，但我很清楚她在指什麼。

雪之下陽乃逼我面對的，是不容置疑的事實。

我早已察覺到，不值一提、平凡無奇、隨處可見，單純的事實。

可是，在觀測到之前，那個現象都不會成為事實。

所以，我一直假裝沒看見。

「……因為自然的反義詞是人工嘛。跟人有關的事情，大部分都不自然。而會接受那種不自然之處，也是人性的表現……」

只顧著看其他方向的觀測者滔滔不絕地辯解，旁觀者嗤之以鼻。輕聲笑著。

從喉間傳出的嘲笑聲，打斷如同謬論的話語。

「你之前說過，那樣『稱不上真實的感情』……那麼，什麼叫真實的感情呢。」

柔和的聲音。冰冷的目光。泛著水光的眼眸。性感的吐息。

射向我的是分不清是責難抑或質問的呢喃。

沒人答得出來，只有百貨公司的音樂突然傳入耳中。這陣沉默不曉得持續了數秒鐘還是數分鐘，既漫長又短暫。

啪噠啪噠的腳步聲於靜寂中響起。我稍微轉過頭，剛才那家店的店員，正提著包裝精美的袋子走過來。

陽乃見狀吁出一口氣，直接起身，對我展露微笑。

「可惜，時間到了。約會到此結束……回去吧。」

她走向店員。

我看著她的背影，遲遲站不起來。

× × ×

走回咖啡廳的路上，陽乃始終沉默不語，我也一樣沒有開口。

恐怕是因為，我和她之間該說的都已經講完了。

再問一遍我也答不出來，這個問題便以無解作結。

雖然這兩件事應該沒有關聯，陽乃回到咖啡廳時特別興奮。

「雪乃，給妳。生日禮物。姊姊挑得超認真的！」

陽乃像要抱住雪之下似地將身體靠過去，把禮物塞給她。

「……怎麼這麼突然？」

既然是生日禮物，就沒理由拒絕了，雪之下有點不知所措地收下它。

看見禮物的包裝，由比濱頓時兩眼發亮。

「啊，那家店的衣服超級可愛──！」

「沒錯！不愧是比濱妹妹！很懂喔！為可愛的妹妹挑選可愛的東西！希望她盡情感受姊姊的愛！」

陽乃指向由比濱，得意地挺起胸膛。

看見兩人的互動，雪之下稍微放鬆戒心，仔細觀察懷裡的禮物，嘆了口氣。

「……愛嗎……嗯，不過，確實挺可愛的。」

她低聲咕噥，點點頭，很滿意的樣子。雪之下輕輕將禮物放到大腿上，抓住邊緣的部分。然後低著頭，用細不可聞的聲音說道：

「……謝謝。」

「不客氣。」

陽乃滿足地看著臉紅的雪之下，嫣然一笑。

哎呀，她們平常的相處模式是那個樣子，所以我還在擔心氣氛會不會很尷尬，真是善良和平的世界。百合之下姊妹如果無時無刻都能這麼百合，對我的胃也比較好。

看著這溫馨的畫面感到心情平靜的人不只我，葉山隼人也以溫柔的眼神守望兩人。

這時，葉山似乎想到了什麼。

他靜靜把手放到桌下，拿出手機看。好像是收到了簡訊。

「……陽乃姊，時間差不多了。」

「噢，都這麼晚了。」

葉山壓低音量說道，陽乃也捲起襯衫的袖口，望向戴在纖細雪白的手腕上的金鍊手錶，視線在錶面跟我們身上移動。

看來他們和家人約好的時間到了。

既然如此，我們最好也現在告辭。萬一她順勢邀請我們一起吃飯，那可不是鬧著玩的。人家還沒做好心理準備見葉山同學的父母啦！此刻正是離開的機會！

「那我們要走了。」

「嗯，對呀。」

由比濱接在我後面說道。陽乃和葉山也點點頭，大概是覺得時機正好。

「啊……」

只有雪之下目光游移，不知所措。

看到她在窺探我們和陽乃的反應，陽乃嘆了一小口氣，凝視雪之下。

「雪乃呢？」

「什麼意思……」

「要去參加聚餐嗎？還是不去？這次的聚餐同時也是要為妳慶生。我要做的事已經處理好了，所以去不去隨便妳。」

陽乃的語氣有點冷漠。剛才明明那麼堅持要叫雪之下出來，現在卻意外地乾脆。

我不認為陽乃要做的事只有送她生日禮物，但不管怎麼樣，決定權都在雪之下身上。

「……是啊。」

雪之下嘴上這麼說，卻難以做出決定，小心翼翼地不停偷瞄我和由比濱。由比濱見狀，露出淡淡的苦笑。

「那、那個，不用管我們沒關係。」

「對啊。我們本來就準備回去。」

「是嗎……」

雪之下給予含糊不清的回應，低下頭，由比濱的表情也有點憂鬱。不過，她靈機一動，窸窸窣窣拿出夾在腋下的袋子。

「啊，對了，這給妳。雖然明天才是妳的生日，送得有點早。」

由比濱把裝著禮物的袋子遞給雪之下。既然她都把禮物送出去了，我也現在送吧。

「生日快樂。」

「謝、謝謝……」

雪之下驚訝地盯著禮物，愣在那邊，過了一會兒才終於發出斷斷續續的聲音。

她將禮物緊緊抱在胸前，臉上綻放笑容。

由比濱看了也跟著笑出來。

「跟妳說喔，我會準備蛋糕，之後在學校正式慶祝一次吧！」

這句話應該是由比濱的貼心之舉。

在這種情況下與朋友道別，會有種把人趕走的感覺，在心中留下疙瘩。這樣的話，我也該學習她的精神。

「再見啦。」

我微微抬手，雪之下嘴角勾起一抹淺笑。由比濱的心意似乎傳達到了，雪之下輕輕揮動張開到一半的手。

「好的……再見。」

「嗯，再見！」

由比濱則精力十足地舉手道別。

我從座位上起身，跟陽乃點頭致意。

「那我們先走了……」

陽乃隨便揮了下手，葉山則帶著爽朗的笑容，目送我和由比濱踏出店門。

店門口離電梯不遠。

這層樓沒有其他人要搭乘，空蕩蕩的空間內，只聽得見我和由比濱的腳步聲。

「蛋糕啊——要買哪一種呢——？草莓鮮奶油，還是巧克力……」

站到電梯按鈕前的時候，由比濱愉快地跟我搭話。

「沒差吧，選喜歡的不就得了……」

由比濱悶悶不樂地「㖿——」了聲。

「咦——你也來幫忙想啦。我兩種都喜歡，無法決定……啊！不知道能不能做成各一半？」

「又不是披薩……」

總之，我得在回程思考要選哪種蛋糕。我無奈地回道，將手伸向電梯的按鈕。

手指前方有兩個按鈕。

指向上方的三角形，與指向下方的三角形。

只能按下其中一個。

伸向按鈕空中的手不自覺地停在空中——

——是哪一個？

那一天被夜風吹散，悄聲詢問我的問題，重新浮現腦海。

我始終答不出來，甚至直接放棄思考，手臂無力垂下。

那盞微光一旦亮起，就再也無法取消。

可是，若不做出選擇，哪裡都去不了，只能繼續停留在原地。

選擇正確的道路，前往我該在的地方。

為此，我按下那唯一的按鈕。

《待續》

後記

各位晚安，我是渡航。

這次我也一樣在東京神田一橋神保町小學館五樓的渡航室撰寫後記。實在不覺得自己會有從這個名為渡航室的詭異場所得到解放的一天。

果青明明完結了啊……為什麼……

那是因為果青以外的工作也是在小學館做的……把真相寫出來會惹火一堆人，所以希望大家幫忙保密，不過當然也有很多果青的工作。明明完結了……

不對，說不定就是因為完結了。

有些東西得等到一切告一段落，過了一段時間，隔著一小段距離才看得見。有些東西得等到把想寫的故事寫完了，才寫得出來。

有些事情隔著一小段距離才看得清，有些事情則會因此看不清楚。

她現在的立場，或許就接近這個位置。

短短一小步——不，半步的距離，視各自的方向而定，可以視為超前，也可以視為落後。每個人的步幅不盡相同，那半步的距離感究竟是被拉近的，還是被拉開的，抑或該繼續維持這段距離？

儘管結局尚未明瞭，這是她的故事。意即，當然也是她的故事。

《果然我的青春戀愛喜劇搞錯了。結》第一集就此結束。

真的是，果青怎麼有這麼多種版本。出太多了吧。都完結了為什麼還出了這麼多？這是電腦遊戲的擴充包嗎？我經常這麼想。為了這樣子的我，我整理了以下的資料給自己看。

收錄了正篇故事的後日談的短篇小說集，《果然我的青春戀愛喜劇搞錯了。雪乃side》、《果然我的青春戀愛喜劇搞錯了。ONPARADE》、《果然我的青春戀愛喜劇搞錯了。結衣 side》、《果然我的青春戀愛喜劇搞錯了。allstars》。共有四本短篇小說集。不知道短篇小說集是什麼的讀者，我給予你們調查的權力！我寫了超多字的，你們絕對會去看對吧！寫以那個人的視角為出發點的故事超好玩的。

接著是我隨口放話說要寫果青完結後的完全新作正統續集，結果真的寫出來的三年級篇，《果然我的青春戀愛喜劇搞錯了。新》。這是動畫《果然我的青春戀愛喜劇搞錯了。完》的ＢＤ＆ＤＶＤ特典，有興趣的讀者請務必看一下。

還有短篇集《果然我的青春戀愛喜劇搞錯了。14・5》。光看14・5這個神祕的數字就知道，這一本也收錄了完結後的故事。敬請多多關照！

最後是《果然我的青春戀愛喜劇搞錯了。ponkan⑧ ART WORKS》，這是ponkan⑧大神的畫冊。因此，請將購買這本畫冊視為我們ponkan⑧大神的使徒的使命。不對，用使命形容還不夠。是命運。

啊，我在14・5集的後記有提到，想快點說果青結常有的事，所以我現在要說了。果青結常有的事。果青結，很多地方寫得跟another不一樣。

總之就是這樣，有許多與果青有關的作品，如果各位願意再多陪我走一段路，我會很高興的。

等一切都告一段落的時候，請大家務必跟我一起這麼說。

——再見了，所有的果青。

以下是謝詞。

ponkan⑧神！神！神！辛苦您了！這次的插圖也太讚啦！還有，果青地獄又開始囉！我是不會讓你逃掉的……還請繼續拯救我，朝下一個十年邁進！今後也請多多指教。非常感謝您。

責編星野大人。看到沒！這次也輕鬆搞定了吧！呵哈哈！輕鬆到我把比濱同學打成呵哈哈同學呢（註46）！呵哈哈！雖然未來的計畫我不知道，不如說不想知道，就算你跟我說，我也會全部當耳邊風，不過下次一定也沒問題的啦！呵哈哈！辛苦了，謝謝您。呵哈哈！

跨媒體平臺的工作人員們。我在動畫、漫畫版等眾多媒體受到各位的關照。原作都暫時完結了，相關企劃及作品仍在繼續推出，都是多虧各位的努力，真的感激不盡。未來也請多多指教。

以及各位讀者。謝謝大家一直以來的支持。能以《果青結》這個形式繼續撰寫這個世界，也是多虧有大家的聲援。這個故事在各種意義上取了「結」這個名字，希望各位能看到最後。因為有你，才有果青的存在！

那麼，這次就寫到這邊。下次應該是結的第二集。我也說不準，讓我們在果青的其他作品中見面吧！

八月某日　沒來由地喝著ＭＡＸ咖啡

渡航

註46「比濱（Gahama）」與「呵哈哈（Gahaha）」日文音近。

浮文字

果然我的青春戀愛喜劇搞錯了。結（1）

（原名：やはり俺の青春ラブコメはまちがっている。結 1）

作者／渡航　封面插畫／ponkan⑧　譯者／Runoka
執行長／陳君平　榮譽發行人／黃鎮隆
協理／洪琇菁　國際版權／黃令歡、高子甯、賴瑜妗
執行編輯／石書豪　美術主編／李政儀

出版／城邦文化事業股份有限公司 尖端出版
臺北市南港區昆陽街十六號八樓
電話：（〇二）二五〇〇七六〇〇　傳真：（〇二）二五〇〇二六八三
E-mail：7novels@mail2.spp.com.tw

發行／英屬蓋曼群島商家庭傳媒股份有限公司城邦分公司　尖端出版
臺北市南港區昆陽街十六號八樓
電話：（〇二）二五〇〇—七六〇〇（代表號）
傳真：（〇二）二五〇〇—一九七九

中部以北經銷／楨彥有限公司（含宜花東）
電話：（〇二）八九一九—三三六九
傳真：（〇二）八九一四—五五二四

雲嘉經銷／智豐圖書股份有限公司　嘉義公司
電話：（〇五）二三三—三八五二
傳真：（〇五）二三三—三八六三

南部經銷／智豐圖書股份有限公司　高雄公司
電話：（〇七）三七三—〇〇七九
傳真：（〇七）三七三—〇〇八七

一代匯集／香港九龍旺角塘尾道六十四號龍駒企業大廈十樓B&D室
電話：（八五二）二七八三—八一〇二
傳真：（八五二）二七八二—一五二九

馬新經銷／城邦（馬新）出版集團　Cite(M)Sdn.Bhd.
E-mail：Cite@cite.com.my

法律顧問／王子文律師　元禾法律事務所
北市羅斯福路三段三十七號十五樓

二〇二二年八月一版一刷
二〇二四年四月一版三刷

■中文版■

郵購注意事項：
1. 填妥劃撥單資料：帳號：50003021戶名：英屬蓋曼群島商家庭傳媒(股)公司城邦分公司。2. 通信欄內註明訂購書名與冊數。3. 劃撥金額低於500元，請加附掛號郵資50元。如劃撥日起 10～14日，仍未收到書時，請洽劃撥組。劃撥專線TEL：(03) 312-4212 ・ FAX：(03) 322-4621。E-mail：marketing@spp.com.tw

國家圖書館出版品預行編目資料

果然我的青春戀愛喜劇搞錯了。結 / 渡航作 ; Runoka譯 .
--初版. --臺北市：尖端出版, 2022.07
面 ; 公分.--(浮文字)
譯自: やはり俺の青春ラブコメはまちがっている。結
ISBN 978-626-338-033-2(平裝)

861.57　　111007742